5分
シリーズ

エブリスタ 編

5分後に禁《きん》断《だん》のラスト

Hand picked 5 minute short,
Literary gems to move and inspire you

河出書房新社

目次

Contents

エブリスタ × 河出書房新社

［ 5分後に禁断のラスト ］

Hand picked 5 minute short,
Literary gems to move and inspire you

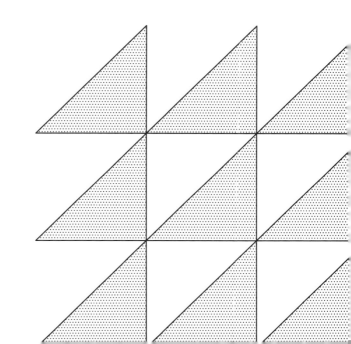

7歳《さい》の君を、殺すということ

関井薫

この街に来て、四十日が経った。

九月初旬《しょじゅん》、この街に来た時、まるで先急ぐように残りわずかな蟬《せみ》が鳴いていた。けれど、そんなけたたましい叫《さけ》びも今はもうない。先に散っていった、仲間や家族のもとへ行ったのだろう。

ポケットの中でくしゃくしゃになった煙草《たばこ》を手にとる。そこから一本取り出し、火をつける。

ベンチの背もたれに身体を預けながら、今日も目的を果たすことができなかった、と息を吐《つ》く。ゆらゆらと揺蕩《たゆた》う煙が、茜空《あかねぞら》に向かって消えていった。


僕に残された時間も、あとわずかだ。

公園内に設置されたスピーカーから、『夕焼け小焼け』が流れる。遊んでいた子供達が、次々と母親に手を引かれ帰っていく。

ばいばい、またね。
また明日遊ぼうね。

その中に、城崎拓也《しろさきたくや》の姿はなかった。今日はこの三角公園で遊ぶと言っていたのに、気が変わったのだろうか。

帰宅時間に合わせて公園に顔を出し「一緒《いっしょ》に帰ろう」とでも言えば、容易に連れ出すことができると思っていた。拓也は警戒心《けいかいしん》の薄《うす》い七歳だし、なんたって僕は隣人《りんじん》なのだから。

足元で煙草をもみ消す。僕は重い腰《こし》を上げ、公園を出た。

住宅街に沿った道路を歩いていると、どこかしらから「晩ご飯」という匂《にお》いがしてくる。

もう随分《ずいぶん》と「晩ご飯」を食べていない。僕が食べる夕食は誰《だれ》かが作ってくれたようなものではなくて、駅前の牛丼屋《ぎゅうどんや》とか、コンビニで調達してくるような食料だ。「晩ご飯」と呼べるようなものではない。だから僕の家から、こんな温かい匂いが漂《ただよ》うこともない。

「圭兄《けい》ちゃん！」

アパートの前で佇《たたず》んでいた拓也が、僕の姿を見つけた瞬間《しゅんかん》走り寄ってくる。青く強ばった顔で、目に涙《なみだ》を溜《た》め、僕の名前を叫ぶ。

「どうした？　何かあったのか？」

「母ちゃんが！　母ちゃんが！」

酷《ひど》く取り乱して僕の手を引っ張る。その指先が、少し震《ふる》えていた。

急いで拓也と母親が暮らす、隣《となり》の部屋へ駆《か》け込《こ》んだ。他人の部屋に入るということに一瞬躊躇《ちゅうちょ》したものの、拓也の様子を見る限り、そんなことを言っている場合ではなさそうだった。

玄関《げんかん》にも、入ってすぐの台所にも、ほとんど物がない。シングルマザーの家庭だから、贅沢《ぜいたく》はしていないだろうと予想していたけれど、ここまでがらんどうだとは思っていなかった。

奥《おく》にある引き戸の隙間《すきま》から、拓也の母親が倒《たお》れているのが視界に飛び込んでくる。苦しそうに丸まり、こちらに向けた顔を歪《ゆが》ませていた。


一瞬頭の中に、あの時の記《き》憶《おく》が蘇《よみがえ》る。

足が硬直《こうちょく》して前に踏《ふ》み出せない。


大丈夫《だいじょうぶ》、大丈夫。

心配せんと、お母さんは大丈夫。

母の声が、記憶の中で僕に語りかける。

母は亡くなる直前も、僕を安心させようと笑っていた。痛いのに、怖《こわ》いのに、それよりもまず僕の目を見て笑っていたのだ。


「圭兄ちゃん！　母ちゃんを助けて！」

拓也の母親である城崎洋子《ようこ》が運ばれたのは、近所の総合病院で、彼女は胃潰瘍《いかいよう》を患《わずら》っていた。それもかなり無理をしていたらしく、腹膜炎《ふくまくえん》を起こしかけていたという。

「溝口《みぞぐち》さん、お願いです、お願いします」

病室で洋子さんが僕に、何度も頭を下げた。

「少しの間でいいんです。拓也を、拓也を……預かって頂けませんか。お願いします」

引っ越《こ》してきて一ヶ月も経っていない男に、大事な息子を預けるというのだから、それほどに動揺していたのだろう。それに拓也も、驚《おどろ》くほど僕に懐《なつ》いていた。当然かもしれない。拓也に近付くために、愛想良く好青年を演じていたのだから。

頼れる人がいないんです。

洋子さんは深く、深く頭を下げた。

「いいですよ。ゆっくり身体を休めてください。拓也くんのことは僕に任せて」

僕は笑顔で、洋子さんの肩《かた》に手を置く。

チャンスがやって来た。そう思った。


母の通夜に訪れたのは、叔父《おじ》さんとその家族だけだ。

マスコミを全てシャットアウトするために、家族でひっそりと葬儀《そうぎ》を執《と》り行った。

母の身体が煙となって、煙突《えんとつ》から上空へと上っていくのを見て、やっぱり死んだ後は天に昇《のぼ》るのだと改めて思う。

「おばちゃん、殺されたの？」

空を仰《あお》ぐ僕の横で、従妹《いとこ》が言う。従妹と言っても、会ったこともなかったから、こんな小さな従妹がいるなんて今の今まで知らなかった。

「由里《ゆり》！　何てこと言うの！」

多分僕の叔母であろう人が、顔を引きつらせた。

「いいんですよ。気にしないでください」

僕は叔母にそう言い、由里ちゃんの視線から逃《のが》れるように、もう一度煙を見やる。

殺された。

そう、母は殺されたのだ。

「ちょっと、すみません」

そう言って、建物の脇《わき》に設置された喫煙所《きつえんじょ》へと足早に向かう。煙草の箱を取り出し、一本摘《つ》まむ、火をつける。

まあた、圭悟《けいご》はそんなん吸うて。

お母さんより先に死なんでよ。

母さんは殺しても逝《い》かなそうだから、僕のほうが先かもしれないよ。

つい先日交わした会話を思い出す。

まだ実感が湧《わ》かなかった。


母を殺したのは、城崎拓也という男だった。

名前も顔も知らない男に、母は「誰でもよかった」という理由で命を奪《うば》われた。僕の就職祝いにビジネスバッグを買ってあげると母は言い、ショッピングモールに足を運び、殺された。

すぐ近くに、僕はいた。何が起きたのかわからなかった。犯人の顔も見てない。気付いたら母が倒れていて、誰かの悲鳴が聞こえ、辺りに血が流れていた。

母さん、母さん！

圭悟、大丈夫、大丈夫。

心配せんと、お母さんは大丈夫。

「犯人が憎《にく》いですか？」

声にハッとし振《ふ》り向くと、喫煙所の奥に男がいた。

長いこと洗っていないような、伸《の》びきった白髪《しらが》を垂らし、小汚《こぎたな》いジャンパーを羽織っている。ホームレスだろうか。そんな風貌《ふうぼう》の男だった。

僕が黙《だま》って見ていると、もう一度男は言う。

「犯人が憎いですか？」

一瞬、マスコミから受けた質問が頭に過《よぎ》る。

――犯人に言ってやりたいことは？

――お母様の命を奪った犯人が憎いですか？

「なんなんです？　いきなり失礼じゃないですか？」

この男も、マスコミも、僕に憎いと言わせたがっている。泣き叫んで、母を返せと、犯人を殺してやると言わせたがっている。

でもそんなことを言っても、母は返ってこない。煙になって、骨だけ残った。この後は丘《おか》の上の霊園《れいえん》で石になるんだ。

ふざけんな、ふざけんな。

僕は灰皿に、乱暴に煙草を投げ入れる。

その場を去ろうとした僕の背中に、男が言う。

「殺される前に、殺せばいいんですよ」

その言葉に、僕はカッとして、灰皿を蹴飛《けと》ばす。

金属がコンクリートに打ちつけられる衝撃音《しょうげきおん》が起こり、灰皿の中の、ヤニが溶《と》け込んだ茶色い水が、辺りに散らばる。

「いいかげんにしろよ!」

男は怯《ひる》む様子も見せず、微動《びどう》だにしない。垂れ下がった前髪で、表情も見えない。笑ってるのか、からかっているのか、同情しているのかもわからなかった。

狂気《きょうき》が生まれる前に、消すんです。

大事な人が奪われる前に、その芽を摘むのです。

過去に戻《もど》って——。

男は確かに、そう言った。

拓也はずっと、僕のTシャツの裾《すそ》を握《にぎ》りしめていた。

救急車に乗っている間も、病院の待合室でも、自宅への帰り道でもずっと握りしめていたから、僕の服の裾はすっかり伸びきってしまっていた。

服を脱《ぬ》ぎ、よれたTシャツを布団の上に投げる。拓也は部屋の隅《すみ》で膝を抱《かか》え、唇《くちびる》を堅く一文字に結んでいる。泣くのを我慢《がまん》しているように思えるその姿は、ただの七歳の子供だった。

そこら辺に投げ捨てられたTシャツを着る。

僕の部屋は、拓也の家より何もないな、と改めて思う。殺すためにきたのだから、寝床《ねどこ》さえあればよかった。

「拓也、何か食べる？」

拓也は俯《うつむ》いたまま、首を横に振る。

「そっか。それじゃあ、パジャマとか家にある？」

こくん、と頷《うなず》く。

「よし、取りにいこうか」

拓也の手を引き、隣へと向かう。

今この瞬間だって、殺そうと思えば殺せるのに、どうしてもそんな気になれなかった。母に対しての罪悪感が湧き上がる。それと共に、憎しみも湧く。

けれど、どうしてもできない。
拓也に、昔の自分の姿が見えた気がした。

〝もうちょう〟ってなに？
お腹が痛い痛いってなっちゃう病気だよ。
おかあさん、びょうきなの？
大丈夫、すぐ良くなるからね。その間ばあちゃんと一緒に遊ぼうね。

僕が五歳の時、母が倒れた。盲腸《もうちょう》だったから、そんなに長く入院していた訳ではない。その間僕は、近所のばあちゃんの家で過ごした。母もシングルマザーとして、僕を育ててくれたのだ。
父のことは覚えていない。僕が生まれた時から父はいなかったらしいけど、その理由を聞いたこともない。

ばあちゃんは優しくて、赤の他人である僕の面倒をよく見てくれていた。居心地もよかった。僕はばあちゃんが大好きだった。

でも、何日も母がいないという初めての体験に、どうしようもなく心細かったのを覚えている。

ねえ、おかあさんはいつ帰ってくるの？

なんでいないの？

なんでいないの？

もう二度と母に会えないのではないか、と僕は不安で仕方がなかった。あの時の痛みが、十七年ぶりに反芻《はんすう》してくる。

「拓也、さみしいか？」

僕がそう言うと、洋子さんがうずくまっていたその場所で、拓也は膝を抱えて座り込む。

小さい背中が震え、鼻をすする音が響《ひび》いた。

その背中をさすろうと手を伸ばしかけた自分に気付き、拳《こぶし》を握る。

「大丈夫だよ」

一言だけ呟《つぶや》いた。なるべく冷たく聞こえるように、低い声を出した。


コイツは二十年後、母を殺すのだ。

期間は四十九日。その間に、狂気の芽を摘むのです——。

男の言葉が、僕の心を握りしめた。


二十年という月日を遡《さかのぼ》って来て、僕が最初にしたのは、拓也を探すことでも寝床を見つけることでもなく、母に会いに行くことだった。

わずか二歳の僕と、まだ生きている母がこの世界にはいる。会って話した所で、何て説明していいのかもわからない。あなたは二十年後に死にます、なんて言えるはずもない。

だから、ただ姿を見られれば良かった。母を感じることができれば、それで良かった。

電車に乗り、当時住んでいた街へと向かう。財布に入っていたお金は、五千円札が新渡戸稲造《にとべいなぞう》に、千円札が夏目漱石《なつめそうせき》に変わっていた。

切符《きっぷ》を箱に入れ、無人の改札をでる。知らない駅なのに、懐かしさを覚えた。

二歳の頃《ころ》の記憶なんてないけれど、母に聞いた話と、アルバムを見て知った風景を重ねながら歩いていく。

駅、パチンコ屋、銀行、公園、夕日が射し込む並木道――。

不思議と、覚えているはずもない記憶が、蘇ってくるようだった。迷うことなく、歩いていく。ふと立ち止まった古いアパートから「晩ご飯」の匂いがしてくる。

母の匂いだ――そう思った。僕は目の前の駐車場《ちゅうしゃじょう》で、フェンスに寄りかかる。

「晩ご飯」の匂いだ。母の作った、甘《あま》すぎる肉じゃがの匂い。

こら圭悟、ニンジン残さんと、ちゃんと食べなさい。

嫌《いや》だよ、ぐにゃってするのが嫌なんだよう。

好き嫌いしない。さっさと食べんさい。

おっ、圭悟偉《えら》いねえ。

圭悟はやればできる子だ。


この匂いが、母の作った料理なのかもわからない。記憶の中でしか母の声は聞こえない。

錆《さ》びたフェンスが背骨にあたる。背中も痛いし、胸も痛かった。でも僕は、随分長いことそこに居続けた。

気が付くと、ホームレスの男が僕の目の前で胡座《あぐら》をかいていた。

あの男だ――そう思って声をあげようとした時、僕より先に男がしゃがれた声を出した。

「殺してください。城崎拓也を消しましょう」

垂れ下がった前髪の下で、男が口角を引き上げる。いい知れない気持ち悪さを感じながら、僕は男に聞く。

「城崎は、どこにいるんですか」

そう言うと、男は僕に鍵《かぎ》を差し出した。住所を言う。聞き逃さないよう、僕は必死に住所を覚える。

東京都練馬区——何度も何度も声に出して、呟いた。

男の告げた住所に着くと、そこは当時母と二歳の僕が住んでいたアパートより、さらに古い木造アパートだった。

錆び付いた階段を上り、一番奥のドアに鍵を差し込む。

僕がノブを回したのと同時に、隣のドアが開く。

出てきたのは、ひょろひょろとした色白の男の子で、僕を見て目を丸くした。手にはサッカーボールを持っている。

「こんにちは」

と、男の子が遠慮《えんりょ》がちに言う。

「……こんにちは」

それが、拓也と僕の最初に交わした会話だった。

もう後戻りはできない。

僕は拳を強く握りしめた。


拓也はどこまでも、七歳の子供だった。

歩幅《ほはば》も、僕の半分もない。サッカーが好きで、サッカーボールは誕生日に買って貰《もら》ったのだと嬉《うれ》しそうに話す。

僕の背中に飛びつき、突如《とつじょ》戦いごっこを始め、勝てないとふてくされる。

来る日も来る日も、僕は拓也と関わり続けた。

チャンスは幾度《いくど》となくあったのに、実行に移すことができず、四十日が経過した。

探していたのかもしれない。

拓也の中の狂気を。二十年後、「誰でもよかった」といって、母の命を奪う奴《やつ》なのだという実感を。

そして、殺人犯は子供の頃からどこか、「違《ちが》う」一面を持っているのだ、と自分を納得させるために。


「違うよ、圭兄ちゃん、お味噌《みそ》は少しずつ溶かすんだよ」

味噌を入れて、ぐるぐると鍋《なべ》をかき回した僕に、拓也が呆《あき》れた声をあげる。

「えっ、そうなの？　これじゃダメ？」

「だめ、だめ」

翌日、僕達は洋子さんのお見舞《みま》いに行き、病院の帰りにスーパーで材料を買い、拓也の家から調理器具を借りて、夕食を作ることにした。

魚フライは買ってきたけど、味噌汁《しる》と肉じゃがは作る。

朝食にコンビニで済ませたし、昼食はファミレスで食べた。ファミレスのハンバーグを、拓也は喜んで食べていたけど、さすがに夕食まで外食という訳にもいかない。

殺そうと思っている相手の食事の心配をするなんて、何だか可笑《おか》しな話だけれど、どうせ殺すのだからどうでもいいのかと言うと、そういうことではない。


ねえ、圭悟。

ご飯が圭悟を作ってくれるんよ。

気力、体力、それに愛情も。

ほら、好き嫌いせんと、食べんさい。


洋子さんのいない間も、しっかりと「晩ご飯」を作ってやりたかった。

そう思っていたのに、味噌汁でさえ拓也にダメだしをくらう。

料理なんて作ったことがないから、気張らずに買ってくれば良かったと後悔《こうかい》した。

全て作り終えた時、拓也が言う。

「ねえ、ご飯は?」

「あっ！　忘れた！」

おかずだけ作って、米を炊《た》くのを忘れていた僕を、拓也がじとりと睨《にら》む。

そうして完成した食卓《しょくたく》には、味噌汁と肉じゃが、魚フライ、そして朝食用に買ってきた食パンが並んだ。


いただきます。

いただきまーす。


拓也が肉じゃがを口に運ぶ。

「どうだ！　うまいか」

「うーん……不味《まず》いっ」

子供は正直だった。

僕も食べる。肉じゃがはしょっぱくて、ご飯が欲しくなる。僕は食パンをかじる。

正直、美味《おい》しいといえる代物《しろもの》ではない。当たり前のように「晩ご飯」を作れる母や洋子さんが、凄《すご》いと思う。自分で作ってみるまで、やらないだけで、自分にも簡単にできると思っていた。

「ごめんな、明日はちゃんと作るから」

拓也も食パンをかじる。うん、と呟き笑った。

その無邪気《むじゃき》な笑顔を見て、僕は思わず目を逸《そ》らす。

明日……。明日、か……。

迷っていた。城崎を殺すと決意して、過去にまでやってきた。それなのに、僕は迷っている。迷っている自分が情けなかった。

僕の部屋の布団で眠《ねむ》る拓也を見ながら、自分は何をやっているんだ、と思う。

一緒にサッカーをし、戦いごっこをして、晩ご飯を作り、一緒の布団に寝ている。

その相手は、母を殺した殺人犯だ。

僕は、一体何をしているんだ。

コイツのことが許せない、憎い。

拓也は気持ちよさそうに、寝息を立てている。昨日は泣いていたけれど、お見舞いに行ったことで、安心したのかもしれない。

起き上がり、拓也の横で正座する。

ゆっくりと、右手を拓也の首に近付ける。片手でも事足りるくらい、拓也の首は細い。

母さんが助かる。こうすれば、母さんが生きていける。僕は母さんに買ってもらったビジネスバッグを持って会社に行き、帰宅して母さんの叱咤《しった》激励《げきれい》を受けながら、晩ご飯を食べる。

ホームセンターだの、ドラッグストアのセールなんかに付き合わされて、休日を送る。

そのうち彼女ができて、結婚《けっこん》して、母さんは僕の子供を抱く。

きっと母さんのことだから、泣くんだろうな。意外と、涙もろいから。

手が震えている。さらに左手を添《そ》え、徐々《じょじょ》に力を加えていく。

圭悟は本当に優しいねえ。
お母さん、圭悟産んだのが一番の正解だったよ。
母さんの声が聞こえる。

いい、圭悟。
人っていうのは優しくなきゃダメなんよ。
弱い者いじめは絶対にやったらダメなんよ。

まるで、生きているように、母さんの声が降ってくる。
あの頃はたいして聞いてもいなかった言葉が、僕の中で生きている。
自分の信じる道を行きなさい。
あなたは絶対に、正しい判断ができる。

だってほら、母さんの子やけん。


ぶるぶると、馬鹿《ばか》みたいに手が震えていた。

僕は布団に倒れ込む。

力を加えることが、どうしてもできなかった。

拓也を殺したくない——そう、思っている自分がいたんだ。


自分を好きでいられる、自分になるんよ。

圭悟なら、絶対大丈夫。


拓也を見ると、何も知らずに口を開けて寝ていた。阿呆《あほ》っぽいその顔が、子供らしい子供の寝顔だった。

こんなことやめよう。もうやめてやる！

拓也を殺そうとした手を見ると、笑えてきた。そして、泣けてきた。

「ごめん、母さん……助けられんかったよ」

枕《まくら》に顔を押《お》しつけた。拓也を起こしてはいけないと、声を殺して泣いた。

母の言葉が生きている。

それだけで、自分が取り戻せたような気がした。


七歳の君を、殺すこと。

それは僕が、僕でなくなることだったのかもしれない。

あの夜から吹《ふ》っ切れた僕は、晩ご飯の研究をした。拓也に文句を言われながら、手伝ってもらいながら、二人で作った。

ハンバーグ、カレー、キンピラゴボウ、豚肉《ぶたにく》の生姜焼《しょうがや》き、筑前煮《ちくぜんに》まで作れるようになった。勿論《もちろん》、肉じゃがのリベンジもした。今度はお米を炊くのも、忘れずに。

拓也とはサッカーをして、戦いごっこをしながら、たくさん話した。

いいか、拓也。

自分を好きでいられる、自分になれ。

拓也なら、絶対に大丈夫。


拓也は、よくわからない、という顔をしたけど、それでいいと思う。

いつか、どうしようもなくなった時、ふと思い出してくれればいいのだ。生きている言葉として、思い出す時があればいいと思う。

「本当にありがとうございました」

洋子さんが僕に言う。退院して来た洋子さんの隣で、拓也が嬉しそうに、けれど、ちょっと恥《は》ずかしそうに立っている。

「いえいえ、楽しかったです」

僕は心から、そう言っていた。


ばいばい、またね。

また明日遊ぼうね。


拓也が僕に手を振り、洋子さんと隣の部屋へと入っていく。

部屋に戻って、何もない空間で、僕は煙草を手にとる。

一本摘まむ、火をつける。

大きく煙を吐き出すと、ゆらゆらと揺蕩う。白い煙が昇っていく。

程なくして、隣から「晩ご飯」の匂いがしてきた。今日は拓也の好きな、生姜焼きかな、と思う。

薄れゆく意識の中で、昨日作ったんだけどなあ、と笑った。


僕と拓也の四十九日が終わる。

真っ白な意識の空間で、ホームレスの男が言う。

「なぜ、殺さなかったのです」

僕はぼんやりと、男を見る。ああ、そうか、と思った。

男は続けざまに叫んだ。

「なぜ、殺してくれなかったんだ！」

「罪は消えないんだよ。だって、僕に殺せと促《うなが》した君を殺してしまったら、僕がここに来る理由もないだろ」

男は目からも、鼻からも水を垂らし、震えながら僕を見る。無数に刻まれた皺《しわ》が、生きてきた年月を感じさせた。

それでも僕には、七歳の拓也が目の前にいるように思えた。

「圭兄ちゃん……ごめんなさい、ごめんなさい、ごめんなさい」

拓也がこの後、どんな風に成長し、どんな想いを抱えていたのかはわからない。

今でも、母を殺した城崎拓也を、許すつもりもない。

でも――。

僕の言葉を、一緒に過ごした四十九日を、思い出す日がきっと来たのだと思う。

「罪は消えない、消したくても消えないんだよ、拓也」

拓也は、まるで幼い子供のように、頭を抱え、小さくなりながら、僕に謝り続ける。

自分が歩いてきた道は、変えることのできないものだ。

だからこそ、自分の信じる道が、必要なのかもしれない。

次第に、拓也の声が遠ざかっていった。

気が付くと、喫煙所にいた。灰皿も倒れていないし、男もいなかった。

長いこと、夢を見ていたような気分だ。

僕は、叔父のもとへと急ぐ。

叔父は、骨になった母さんを抱えている。それを僕が受け取り、車に乗り込む。

これから僕には、母さんとの四十九日が待っている。

母さんと一緒に、色んな場所に行こうと思う。今まで何かと理由を付けて、母さんの誘《さそ》いを断わっていたから。

もしかしたら、ホームセンターとか、ドラッグストアのセールにだって行くかもしれない。

そうして、僕は一人で、日常を過ごしていく。

四十九日が終わったら、母さんは、丘の上の霊園で石になる。

不思議と、悔しくも、悲しくもなかった。僕の中には、生きた言葉がある。

母さんが残した、生きた言葉が。

［5分後に禁断のラスト］

Hand picked 5 minute short,
Literary gems to move and inspire you

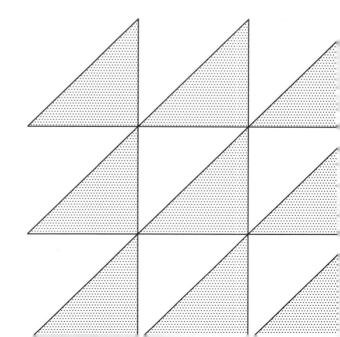

減『円』方式

ねこじた

一億円は、確かに俺の口座に振《ふ》り込《こ》まれていた。

長引く、というレベルをとうの昔に過ぎ去ってしまっている、まさに無限の不景気。

それに加えて、確実に進行している高齢化《こうれいか》社会が、この国の現実だ。

これらの問題に対応するべく、政府がこのたび提案した抜本的《ばっぽんてき》な経済政策が、この一億円の正体なのである。

減円方式――。

約一ヶ月前、国民すべての所有する財産は、一度預け入れという形で国に納められた。

ここでいう財産とは、紙幣《しへい》および硬貨《こうか》のことだ。この世の中から、紙幣と硬貨が消え去った。

それは文字通り、物理的に存在しなくなったということを意味するが、仮にどこかの誰《だれ》かがひそかにそれらを隠《かく》し持っていたとしても、昨日を以《もっ》てそれは紙切れや鉄くずに姿を変えたことになる。

消え去ったのは、物理的存在だけではなく、その価値もだ。

代わりに国民一人ひとりに配布されたのが、キャッシュカードのような外観をした一枚の証明書である。

その名を『国民資産管理証明書』という。

これはキャッシュカードであり、クレジットカードであり、身分証明書でもある代物《しろもの》。

このカードが、今後の俺たちの生活においては命綱《いのちづな》となるわけだ。

そして今日というこの日、ついに減円方式社会とも呼べる政策がスタートした。

まあ、ある意味、歴史的な瞬間《しゅんかん》であるといえば、そうだ。

ただし、事態はそれほど楽観視できるものではない。

本日より、日本社会は『減円方式』という制度によって運営されることとなる。

ざっくり説明するなら、仕組みはとても簡単だ。

はじめに全国民に支給された一億円。

これが、国民一人ひとりが生前に消費することを許された限度額なのである。

いいかえれば、お小遣《こづか》い制のようなものだろうか。

一見すると、一億円は高額だ。

だが、学業を終えてからの約四十数年間で、一般的《いっぱんてき》にサラリーマンが稼《かせ》ぐ金額は、一億円を超《こ》えている。

すると、これから社会に出る若者にとってはこの制度は不利となる。逆に、定年に近いサラリーマンにとっては、得となるだろうか。

もちろん、こうした不平等が起きうるという事実については、国から事前に説明がなされた。

そもそも国が何の考えもなく、こんなバラマキともいえる太っ腹な政策を打ち出すはずがないと、国民は理解していたし疑ってもいなかったのだ。

当然、この政策にはきちんとした裏がある。

というのがこれから先、国民は労働によって給与《きゅうよ》を得ることができなくなる。

その代わりに、労働によって、渡《わた》された一億円からの『減額』を抑《おさ》えることができる。

はじめにいったように、この政策は減円方式なのだ。

たとえば、この一億円をちまちまと使いながら老衰《ろうすい》を待とう、などというセコイ思想は通用しない。

今後は毎月二十五日が『課税日』に制定され、その一月《ひとつき》の個人の『振る舞《ま》い』によって課税額が決定する。

要するにセコセコ生きながらえようなどと企《たくら》む輩《やから》には、容赦《ようしゃ》ない課税がかけられ、あっという間に破産してしまうというシステムなのだ。

理論としては、労働することにより、国民は国への貢献度《こうけんど》を示し課税額を抑えてもらう、といったところだろうか。

今後は労働による収入を得られないわけだから、常に課税額には注意を払《はら》い続ける必要がある。

破産した人間は悲惨《ひさん》だ。政府の運営するおおよそ刑務所《けいむしょ》と大差ない施設《しせつ》で、お国のために一生働き続けるという末路が待っているのだ。


減円方式の概要《がいよう》はこんなところだ。

ではなぜ、こんな極端《きょくたん》な制度がまかり通ったのか。

理由の一つは国の財政が破綻《はたん》したこと。もう一つは、治安維持《いじ》の目的だ。

前述の通り、この国では、不況《ふきょう》と高齢化が際限なく進行を続けている。

完全失業率は二十パーセントを超えていて、国民の四十パーセントは六十五歳《さい》以上の老人だ。

高齢化は昔から懸念《けねん》されていた事態ではあるが、失業率を増加させた原因は、科学技術、コンピュータ技術の進歩が背景にある。

人間に程近い知能を持つロボットが生産される今、大抵《たいてい》の単純作業ならば人間に取り替《か》わってロボットで代用できる。

人間の労働者に求められるのは、高度な生産管理システムやプログラムを構築できる一部のエリートたちだけなのだ。

年金制度はとっくの昔に破綻している。それにより、老後をまともに過ごせない高齢者が増加した。

制度が機能していた時代ですら、雇用《こよう》延長などで生活を繋《つな》いでいた実態があったのだから、当然といえば当然だ。その上この高齢化社会なのである。

世代に関係なく、犯罪は年々増加する傾向《けいこう》にあった。動機は生活苦がほとんどだ。かつて豊かだった時代、理解不能な性犯罪などが蔓延《まんえん》し、おかしな社会だなどといわれていたりもしたらしいが、現代を生きる俺たちにしてみれば、生活に直結する犯罪ほど恐《おそ》ろしいものはない。

明日の我が身を生かさんとする、野生の猛獣《もうじゅう》の鋭利《えいり》な牙《きば》のような悪意が、この街のどこに潜《ひそ》んでいるのかわからないのだから。

減円方式には、格差社会の是正《ぜせい》はもちろんのこと、犯罪を抑制しようという狙いもあった。

しかしその内容は、非常に近代的かつ空想科学的で現実離《ばな》れしたものである。その一端を担っているのが、先ほど説明した、近代飛躍的《ひやくてき》に進歩しているコンピュータ技術だ。

国は、国民一人ひとりの行動を限《くま》なく監視《かんし》する。

個人の日々の振る舞いは、国によりいつの間にやら査定され、税金という形で毎月口座から天引きされるらしい。

法的に善悪を判断できる行いはもちろんのこと、倫理《りんり》的《てき》、道徳的な振る舞いもそれに含《ふく》まれる。

さすがの国民たちもその内容には半信半疑だった。

テレビや新聞やネット上のニュースでも取り上げられ、一時は大きな話題を呼んだ。

いくら科学が進歩したとはいえ、国民一人ひとりの行動を監視するなど、不可能だと思われた。

なんでも国の説明によると、各個人のデータは幾台《いくだい》ものスーパーコンピュータによって、二十四時間態勢で管理されることとなるらしいのだが、その詳細《しょうさい》は制度が始まってから微調整《びちょうせい》されていくとの触《ふ》れ込みだった。

もちろん、すべての国民において査定は平等である、という逃《に》げ文句だけは強調されて説明されたことはいうまでもない。

国民のほうも、始まってみなければ何もわからないということもあり、制度発足の今日に向けて、だんだんと騒《さわ》ぎが収束していった次第だ。

そして、国民にとって重要なのはここからである。

国によって査定された結果は、国により集計され、『善良国民方程式』なる複雑な計算式によって裁かれる。

その計算を行うのは、もちろん次世代型スーパーコンピュータであり、綿密な計算によってわかりやすく数値化したのち、『査定ポイント』として、国民に付与される。

査定ポイントは毎月ランキング化され、ランキング下位の者には追加課税されるシステムだ。

査定ポイントは、最終的には円に変換《へんかん》される。

この制度により、国民に唯一《ゆいいつ》、収入を獲得《かくとく》できる権利が与えられている。

つまり、日々の善良な行い次第では収入を得ることができ、優雅《ゆうが》な暮らしを手にする権利と可能性を与えられていることになるのだ。

このポイント制度により、政府は国内の治安維持を図ろうという狙いがあるのだった。


俺には自信があった。自慢《じまん》ではないが、これまでの約三十年間、他人にそれほど迷惑《めいわく》をかけることもなくまっとうに生きてきたつもりだ。

もともと自己主張が激しいタイプではない。他人の内面を深く考察し、忌憚して発言や行動に移すよう心がけている。

もちろん犯罪歴などない。交通違反《いはん》もない。そして一流企業ではないが、定職についている。

そんな俺が、罰則《ばっそく》による課税を受けるはずがなかった。そう確信していた。

少なくとも、ランキング付けすれば上位に食い込めるはずだった。

この世は黒い。黒い欲望に満ちている。そういう人間をたくさん見てきた。課税対象者はいくらでもいる。

罰則による追加課税がないということは、つまりは報奨金《ほうしょうきん》を手にできる権利を得ることを意味する。

派手さはなくとも無難な生活を続けていれば、勝ち組の側に属するのは容易だろうと思われた。

これまで真面目にやってきた分、今後は頭の悪い国民たちから貢《みつ》いで貰《もら》おうではないか。

だが、現実はそう甘《あま》くはなかった。

一ヶ月後の二十五日。俺はおそるおそる、しかしある程度の期待を胸に、記帳した通帳を確認した。

まずは、労働による課税額が記されていた。

予想していたよりは多い額だ。社会に貢献できていないということだろうか。

企業の売り上げや規模などによるのかもしれない。

となれば、大企業に属している人間のほうが有利ということか。

そういう意味では、減円方式前とあまり変わらない。

そして、労働の課税額の下には、このような記載《きさい》が連なっていた。

深夜の信号無視による罰金が二回、スピード違反が十八回。

飲酒による迷惑行為。

労働時間内の怠慢《たいまん》行為が計二十五回。

さらに細々とした内容が続く。

深夜のコンビニでのアイドリング。

同じくコンビニへの家庭ゴミの持ち込み――。

車の運転に関しては、確かにスピード超過は日常的に行っているし、ほんのわずかなタイミングで赤信号を突破《とっぱ》することは時折ある。

飲酒による迷惑行為とは、きっと先週の懇親会《こんしんかい》でのことだろう。身に覚えがある。

そして勤務時間の行動、コンビニでの行動――。

すべて身に覚えがある。あるのだ。あるのだが――。

そんなものをどうやって数えたというのか。

俺は怖《こわ》くなっていた。誰にも見られていない行動まで、見透《みす》かされているのだろうか。

今後は一体、どこまで細心の注意を払って、生活していくべきなのだろうか。


――――

減円方式施行から半年後――。

国民を管理する次世代型スーパーコンピュータが格納されている地下施設を、私は歩いている。

頑丈《がんじょう》な扉《とびら》を開けると、巨大《きょだい》なモニターが壁《かべ》一面に設置された大部屋が姿を現した。

モニター前に座るまだ若い男が、こちらを振り向いた。

「お、もう交代の時間か」

男は時計を見る。

「やっぱ、六交代はきついな。八交代くらいにならないものかね」

彼からカードキーを受け取って、私はいった。

「確かに、一日のうち労働に四時間も使っていると思うと、少しもったいないな」

この四時間がなければ、趣味《しゅみ》に使える時間が増える。

読みたい本や見たい映画はまだまだあるし、来月は懇親会、合コン、スポーツ観戦や旅行の計画もある。

政治家である父親がらみのゴルフだけは面倒《めんどう》だが、まあ今の生活を維持するためならば我慢できる。

「国民たちもようやくおとなしくなってきたみたいだ。やっと自分たちの業の深さに気づき始めたらしい」

彼はモニターを見た。モニターは今日も、この国のどこかの誰かが、人知れず些《さ》細《さい》な過《あやま》ちを犯している姿を映している。

人間はどこまでも怠《なま》ける生き物だ。楽をしたい生き物だ。流される生き物だ。そして完璧《かんぺき》ではない。

本人は自分を真面目だと思っていても、綻《ほころ》びは必ず存在する。仮に完璧な人間がいたとしても、それはごくごくごく一部でしかない。

特別な人間はわずかだ。自分が他人と違っている、他人よりも優れているなどと妄想《もうそう》するのは、狭《せま》い世界を生きている証拠《しょうこ》なのだ。逆に、劣《おと》っていると感じるのもそうである。

視野を広げていくと、大多数の人間がその他大勢という枠《わく》に属していることに気づいていない。

「この調子だと、十年足らずでばら撒《ま》いた資金の回収は完了《かんりょう》できそうらしい」

国民の多くが、その他大勢、であることを自覚してくれれば、この制度は完遂《かんすい》するといっていいのかもしれない。

国民が現実を受け止め、かつてのように社会の奴隷《どれい》として健気《けなげ》に労働する日が来れば、再び日本はかつて諸国から称賛《しょうさん》されていたような、謙虚《けんきょ》さと勤勉性を取り戻《もど》すことだろう。

真面目に働き、時間に追われ、精神をすり減らし、現実を知り、当たり前のような微細な出来事にすら幸福を求める。

生活の派手さは消失し、浮《う》き世は平穏《へいおん》へと収束する。

そうなれば、治安も少しは改善されるはずだ。


「まさか、あのカードで監視されてるとは思わないだろうからな」

科学技術は飛躍的に発達した。

長い歴史を持つＧＰＳは、今や道行く人間の毛穴をも映し出せる性能を有している。

超高解像度の画像を撮影《さつえい》できるうえ、スーパーコンピュータの人工知能による高速計算により、一瞬にしてその場の状況を解析《かいせき》することを可能にしているのだ。

また、位置情報だけにとどまらず、音声や体温、簡単な脳波までもが検知可能であり、解析能力の向上に努めている。

日本国が保有するGPS衛星の数も今年で十機となり、精度は飛躍的に進歩している。

あの『国民資産管理証明書』に埋《う》め込まれた極小のチップは、GPSとリンクしている。

生活に必須《ひっす》なカードであるがため、外出の際は大抵の人間が肌身《はだみ》離さず身につけている。

そしてチップには、国民一人ひとりに与えられた個別のナンバーが設定されているのだ。

約五十年前の二〇一五年——。

『マイナンバー』と名づけられ発足した制度が、まさかこのような形に変化して国民に還ってくるとは、彼らには予想すらできなかったことだろう。

［ 5分後に禁断のラスト ］

Hand picked 5 minute short,
Literary gems to move and inspire you

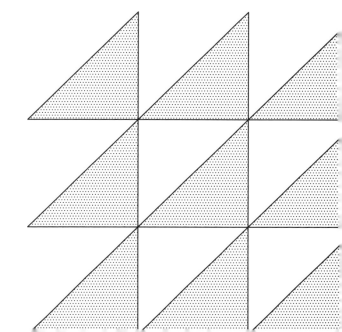

捩《ねじ》れた復讐《ふくしゅう》

清水誉

リビングで、石川忠雄《いしかわただお》は一人手元の薬を見つめていた。
薬は三種類。
それはそれぞれ形状が違《ちが》い、錠剤《じょうざい》、粉末、液体となっている。
あの占《うらな》い師は何者だったんだ……
そうぼんやり思いながら、
忠雄はその内の、錠剤を飲み込《こ》んだ。

――昨日、仕事帰りに忠雄は声を掛《か》けられた。
声を掛けたのは、地下街の隅《すみ》で小さな箱の前に座る占い師の男性だ。
「思い詰《つ》めていますね。
それは……仕事ではないでしょう。
ご家庭のこと…………いや、少し、違う。
あなたは深く傷付けられた。

「きっと数年前から」

ほんの一瞬《いっしゅん》目を合わせただけで、占い師はそう言った。

そのまま通り過ぎれば良かったのに、足を止めてしまったのは彼の言うことが当たっていると感じてしまったからだ。

雑踏《ざっとう》の中、これだけの人間がいるのに、なぜ自分に狙《ねら》いを定めたのか訝《いぶか》しんだ。

占いなど「当たるも八卦《はっけ》当たらぬも八卦」という言葉がある程の曖昧《あいまい》なものだ。

普段《ふだん》ならば顔を前に戻《もど》し足早に妻の和子《かずこ》のもとへと帰っただろう。

しかしそれは、そんな声掛けが今日でなければ、の話だ。


四年前の今日。

娘《むすめ》の真由香《まゆか》が殺された。

塾《じゅく》の帰り道、真由香は後ろからナイフで刺《さ》されて殺された。

当時真由香は十六歳《さい》だった。

そして犯人は十七歳の少年だった。

殺害動機は、無差別に誰《だれ》かを殺したかった、と。


それを聞いたときは、腹の底からえぐられたような感覚がして吐《は》いた。

誰かを殺したいならば、自分自身を殺せばいい。

それをなぜ、真由香が不条理に殺されなければならないのだ。


忠雄が、誘《さそ》い込まれるように占い師の男の前に座ると占い師は「それで良い」と言うように微《かす》かに頷《うなず》き、静かに話し始めた。

「きっとご自身でお分かりかと思うが。

私にはあなたの先が視《み》えない。

あなたは、数年前より修羅《しゅら》の道へと進もうと考えていましたね。

心の内に視えるのは、深い悲しみ、虚無感《きょむかん》。

そして激しい憎悪《ぞうお》」

そう話す占い師の目は、どこか爬虫類《はちゅうるい》のそれに似て、水晶《すいしょう》のように濁《にご》りのない眼球には、感情がない。
驚《おどろ》く忠雄をよそに、占い師は机上に何かを出した。
見た目は錠剤が一つに、
粉末状のものが一つ。
そして小さな小瓶《こびん》に入れられた無色透明《とうめい》な液体。
「これを差し上げましょう。
これは『人を操る能力』
これは、『人の心を読める能力』
そしてこれは『時間を巻き戻す能力』
その能力の効力はそれぞれ維持《いじ》できる期間が違います。
錠剤は、数週間は保《も》つでしょう。
粉末は数日。
液体のものは半日ほど」
一見、怪《あや》しすぎる話に、怪しすぎる薬。

普段の忠雄なら、直《す》ぐさま席を立つ。

しかし、それは今日でなければ。

「……それぞれ、その能力の発動条件や薬の副作用などあるだろう？

もしこの薬が、本物だとした場合……

死んだ人間の蘇《よみがえ》りは……」

言いながら、膝《ひざ》に乗せた握《にぎ》り拳《こぶし》に無意識に力が入る。

自分でも馬鹿《ばか》げた質問だと思う。

この薬が本物だと仮定の上での質問だ。

しかしそれでも、もし、時間が戻せるのなら。

真由香は私達夫婦のもとに戻ってくれるだろうか。

「時間が戻せる」と、占い師が指差した液体を見つめながら一縷《いちる》の望みを持って男の言葉を待った。

しかし、彼は無情にも首を横に振った。

「一度死んだ者は時間を戻しても蘇ることはない」

「……そうか……」

一瞬で、光を断ち切られたように気持ちが落ち込んだ。男は忠雄の落ち込みなど意に介《かい》さずに話を続ける。

「発動条件は、

『時間を戻す能力』は強く念じればいい。

『人の心を読む能力』はただ勝手に脳内に他人の思うことがなだれ込んでくる。

『人を操る能力』は相手に聞こえるように、命令すればいい」

「……副作用は」

「副作用は『時間を戻す能力』と『人を操る能力』は使うことで自身の寿命《じゅみょう》を縮める。『人の心を読む能力』に関しては、副作用はないがそれ自体が苦痛になることもある」

そう説明すると、占い師の男は黙《だま》った。

忠雄の後ろでは、家路につく人間や、今から仕事先に向かう者、これから遊びに行こうとしている若者などの出す様々な物音が地下街に反響《はんきょう》している。

沈黙《ちんもく》して不穏《ふおん》な空気を纏《まと》って見つめ合う忠雄達に気付いている者はいない。
忠雄は、全ての薬を黙って手の中に入れた。
懐《ふところ》から財布を取り出そうとすると、占い師の男は片手を挙げてそれは要《い》らないと示す。
「残り少ない命だ。
あなたがどう使うのか、それは好きにしたらいい。
自分以外の人間の時間を戻した場合、記憶《きおく》は残されることが多い。
時間を戻した結果が気に入らなかったと言って、元の場所へと戻るのは不可能だ。
無理なことかと思うが、どうか思い残しはないように…………」

＊＊＊＊＊

一晩寝《ね》たら、あれは夢だったのではないかと思った。
しかしスーツのポケットに入れた薬は消えていなかった。

今しがた錠剤を服用したから、リビングのテーブルに残された薬は二つ。
粉末と、液体の薬だ。
「……和子」
忠雄は台所に立つ妻を呼んだ。
はぁい、と返事をして、和子がリビングに顔を出す。
彼女を見て、お互《たが》いに老け込んだな、と思う。
真由香が居なくなってから夫婦には笑顔が消えた。
そしてそれの代わりに、白髪《しらが》と皺《しわ》が増えていった。
夫に呼ばれた和子は、呼びつけたのに何も言わない忠雄に小首を傾《かし》げた。
「何か御用《ごよう》だったのでしょう？
なんですか？」
彼女の言葉を耳に聞きながら、忠雄は自分の右手を閉じたり開いたりしていた。
少しずつ、体内に何かが巡《めぐ》る。
「和子。この、瓶の中の薬を飲んでくれ」

忠雄が言った瞬間、和子の体が痙攣《けいれん》した。

妻の顔ははっきりと戸惑《とまど》っていた。

自分の意思とは関係なく、和子は忠雄の前に置かれた小瓶を手に持ち、蓋《ふた》を開けた。

喉《のど》の奥《おく》で声にならない悲鳴《ひめい》がひゅうっと鳴っているが和子の意思ではどうにもならない。

そのまま、和子が液体を口に含《ふく》んで飲み込むと体は元に戻った。

それと同時に体が拒否反応《きょひ》を起こし激しく咳《せ》き込んだ。

「……あなた、今のは一体……？」

怯《おび》えるような視線を向ける和子を見つめ、忠雄は本当に自分が『人を操る能力』を手にしたことを確信した。

「和子。昨日で四年だな」

夫の言いたいことを察した和子は今起こった現象に怯えつつ、ええ、と答えた。

「あの少年は、覚えているだろうか？」

忠雄の言葉に、和子は顔を歪《ゆが》めた。

それは未《いま》だに消えぬ悲しみに満ちている。

「……どうでしょうね。

こちらへの慰謝料《いしやりよう》の支払《しはら》いは一年も満たない内に届かなくなったのだから、向こうにとったら四年など忘れるのに十分な時間でしょうね」

真由香を殺した少年は、山崎《やまざき》シンジという。彼は未成年というだけで成人のそれよりも軽い処罰《しよばつ》を受けた。

少年院に三年入所し更生プログラムを受けたその後、出所して、保護観察官の居るもとで働いている。

まだ、四年しか経っていないのに。彼はもう普通の人間として世間で働いているのだ。

「彼のもとへ、行ってみるよ」

四年前は十七歳だった彼も、今は二十一歳。

今ならば当時は聞けなかった心情も言葉にして教えてくれるだろう。

そう考え、和子の制止を押し退《の》けて忠雄は山崎シンジの働く自動車板金工場へと向かった。

＊＊＊＊＊

平日の落ち着いた風景の中、その工場はあった。

「……山崎シンジ君だね」

工場の入り口付近で作業をしていたシンジは、その呼び声で振り向いた。

「はい、そうっすけど……」

シンジはぎこちなく頭を下げた。

男性に目を合わせながら、シンジは考えた。どこかで見た風だが、それがいつだったか。

家庭裁判所の調査官だったか、検察の誰かだろうか。

そんな彼の表情を読み取ったのか、男性は穏やかに微笑《ほほえ》んでシンジに近くのコーヒースタンドで購入《こうにゅう》してきたコーヒーを手渡《てわた》した。

「どうだね？　仕事にもだいぶ慣れたかね？」

平日にシンジのもとに訪れるのはきっと調査官だろう。そう思って、今男性から譲《ゆず》り受けたコーヒーの蓋を開けて、紙コップに直に口を付けて飲んだ。

コーヒーは喉元を通る時にシンジの体を熱くした。

「私のことを覚えているかね？」

単刀直入な質問に、シンジはギクリと体の動きを止めコーヒーの表面を見つめ考えた。

隣《となり》から、自分を見つめる視線を強く感じる。

「……すいません。どこかで見たことは覚えてるんすけど。名前が出てこないです」

「そうか。……石川、忠雄と言えば思い出すかな」

忠雄の言葉に、シンジは弾《はじ》かれたように顔を向ける。

目眩《めまい》のようにシンジの眼球が揺《ゆ》れた。

目の前の男が石川真由香の父親だと、分かった。

事件当時、加害者のシンジには真由香の両親は直接会うことはなかった。刑事《けいじ》裁判になった時、傍聴席《ぼうちょうせき》で自分を睨《にら》む男が居たのをぼんやりと見た。ただ、それだけの記憶だ。


忠雄はシンジのその様子を、ほんの少し目を細めて眺《なが》めた。

世間ではあれほどニュースに取り上げられ、忠雄もメディアに出たりした。それでも、シンジの記憶には残らないのか。

外部の情報が加害者の少年のもとへは届かないよう配慮《はいりょ》されていたのだろうか。

未成熟な少年を守るために。

……馬鹿《ばか》げてる。

忠雄の口から小さく笑いが漏《も》れた。

真由香の笑顔を、思い出す。

あの笑顔が目の前のこの男に、一瞬で奪《うば》いさられたのだ。

……今まだ生きているこの男は、笑うこともあるだろう。怒《おこ》ることも、泣くこともあるかもしれない。

その全てを、真由香は奪われたのだ。

そう忠雄が思っていた時に、シンジが「えっ……」と声を上げた。

彼を見ると、両手で頭を抱《かか》えながら忠雄を見つめている。

下に落とされたコーヒーカップから、ほんの少し残された液体が地面へと染《し》みていく。

「……ああ。薬が効いてきたんだね。

シンジ君」

「くすり……っ!?」

忠雄の言葉は、シンジを一気に不安にさせた。

何を自分は飲んだのか？

足元に落ちたコーヒーは、普通の味だった。

――私の声が聞こえたんだろ？――

焦《あせ》りで混乱する頭に忠雄の声が響いて、シンジは顔を上げた。

――君の飲んだ薬とは、他人の心が読める薬だ。死ぬことはない。心配するな――

確かに忠雄の声がする。

でも、目の前の彼は一度も口を開けていなかった。

彼の声が聞こえる自分よりも、口を開けないで言葉を伝える忠雄を、気持ち悪いとシンジは思った。

異常現象が起きているのは自分ではない。

目の前のこのオヤジだ、と。

「私は、君に聞きたいことがあって来たんだ」

今度は、口を開けて忠雄が話した。

薄気味《うすきみ》悪く思いながらも、シンジは頭を抱えたまま忠雄の次の言葉を待つ。

「謝罪の手紙をくれたよね。何枚も、何枚も。しかし、私は直接君の口から聞きたかった。

……なぜ、真由香だったんだ?」

忠雄の口調は、極めて冷静だ。ゆっくりと、聞き取りやすい音量で話している。

しかし、シンジには半分も聞こえなかった。

忠雄の声が重複していたからだ。

彼の口から出た言葉に重なるように、別の言葉が頭に入ってきた。

――お前はあの子の痛みが分かるか？　私の悲しみが分かるか？　本当の謝罪など、望んでいない。

……なぜ、お前は死ななかったんだ？――

引きつる顔のまま、シンジは頭を左右に振った。

脂汗《あぶらあせ》が額を流れる。

あからさまな殺意の言葉が、忠雄から流れてくる。

逃《に》げよう。

そう思ってシンジが足を一歩後方へ引いた時、忠雄が口を動かした。

「シンジ君。ここに居なさい」

言われた瞬間、体が硬直《こうちょく》した。

何が、起こったんだ。

自分の体なのに、自分で動かせない。

今度は背中を汗が滑《すべ》り落ちた。

そうして、またシンジの頭に忠雄の声が響いた。

――君が人の心を読む薬を飲んだように、私も薬を飲んだのだよ。私が飲んだのは……人を操れる薬、だ――

シンジの目に、絶望の色が浮《う》かぶ。

今は口を閉じている忠雄だが、シンジの頭の中へと流れるものは、シンジに向けた憎悪だ。

「少し、この場所を離《はな》れよう。付いて来なさい」

忠雄が言うと、シンジの足は引きずるように動いた。

逃げたくても、足が自分自身ではなく、前を歩く忠雄の言うことを聞いてしまっている。

無意味な抵抗《ていこう》、とは正にこのことなのだろうか。

忠雄は板金工場の裏手まで来て、ふと足元を見た。

三角定規のような、いびつな形で裁断されたステンレスのプレートが落ちている。

忠雄はそれを手に取り、寂《さみ》しげに笑みを浮かべた。

「昔、こんな物を真由香が見つけるとね。『お父さん、おままごとで使える包丁見つけたよ～』って、まるで宝物のように持ち帰ってきたりしたんだよ。

……そういえば君は、真由香を何回も刺したんだったね」

寂しげな笑顔を残したまま、忠雄はシンジにステンレスのプレートを差し出した。

「調書は、吐き気が止まらなくて少ししか読めなかった。

いま、君の体を使って、私に見せてくれ。

私の娘を
どうやって殺したのか」

シンジの体が、ブルブルと震《ふる》え始める。

「ほら、これを持ってごらん」と忠雄が言うと、彼は涙《なみだ》を流しながらステンレス片を摑《つか》む。

力の加減が上手《うま》くいかないのだろうか。握りしめた手のひらから少しずつ血が滲《にじ》み始める。

「最初は、確か、左の腕《うで》を刺したんだったな。真由香が君の気配を察して、身をかわしたからだ」

忠雄の言葉を聞いたシンジの右手は、本人の意思と関係なくステンレス片を容赦《ようしゃ》なく自身の左腕に突《つ》き刺した。

「うぁぁぁあっっ！！！！」

「……うるさいね。男の子だろう？　か弱い女性じゃあるまいし、声など出すんじゃない」

忠雄がそうつぶやいた途端《とたん》、シンジの叫《さけ》び声は止まった。叫ぶことを禁止された口から、だらしなくヨダレが落ちた。

血液が徐々《じょじょ》に作業着を汚《よご》し、鉄臭《くさ》い臭《にお》いがシンジの鼻に届いたと同時に、忠雄の声も頭に響く。

――痛いだろう？　真由香はその痛みすら、もう感じないんだ――

「その後に、君のほうを向いた真由香の、右の脇腹《わきばら》を刺した」

嗚咽《おえつ》の漏れる口を食いしばり、シンジは必死で抵抗した。

しかし、見えない糸で引っ張られるようにやすやすと右腕は大きく上へと上がる。

そしてそのまま、力強く右脇腹をめがけ振り下ろされた。


「…………っっっ！」

己の意思とは無関係に、右腕はステンレス片を強く脇腹へと沈み込ませる。

――真由香も、痛かったはずだ。苦しかったはずだ。

止めてくれと
思ったはずだ――

「外せるかい？　確かこの後は、もう一度腹に……おや、案外深く潜《もぐ》り込ませたのかな？

肉が引き締《し》まってしまって抜《ぬ》きにくいのだろう」
忠雄は顔色ひとつ変えずに、血まみれのシンジのそばへ寄る。
近づいて、初めてシンジが喉の奥で何かをつぶやいていることが分かった。
よくよく聞けば、すいません、ごめんなさい、と何回も唱えている。
脂汗と涙と、鼻水まで出て、ぐしょぐしょの顔でシンジは何度も懇願《こんがん》した。
「……その言葉は、遅《おそ》いんだよ」
むしろ優しいとさえ感じる声色で、忠雄は言った。
シンジの意識が徐々に薄れていく。
体を支えきれなくなり、膝が地面へとついた。
そのまま前のめりになりかけた時、後ろから女性の声がした。
「あなた！　もう止めて‼」

＊＊＊＊＊

ぱんっ
と、耳元で手を叩《たた》かれたように、意識が元に戻った。
「今のは……一体……」
山崎シンジは、塗装《とそう》中の軽自動車の前にいた。
体を撫《な》で回すとどこにも変化はない。
白昼夢、だったのだろうか……
そう思っていると、後ろから声を掛けられた。
「……山崎シンジ君だね」
この声は
先ほどと同じ、声。
額から汗が吹《ふ》き出た。
シンジは工具箱の中から、大ぶりのカッターナイフを取り出した。
後ろからの足音が、徐々に近づく。

そして、

自分の真後ろに来た時に、背後の人間の腹に勢いよく突き刺した。

「……ぐっっ………」

短い呻《うめ》き声をあげた男の顔を見ると、やはり石川真由香の父親だった。

忠雄からまだ飲み物を受け取っていないから、シンジにはこの男が今何を思っているのか分からない。

でも、今こうやらないと、自分が殺される。

忠雄が前のめりに、シンジに覆《おお》いかぶさって重みを感じ始めた時に、体を横にずらして忠雄を地面に倒《たお》した。

「……オッサン。調子乗ってんじゃねえぞ」

そう言って、シンジは忠雄の脇腹を蹴《け》る。

「ちゃんと謝ったじゃねえか。やっちまったのは仕方ねえだろうが。罪も償《つぐな》った。俺はもう犯罪者じゃ、ないんだよ」

そう言って、シンジは今度は忠雄に刺さったカッターナイフを狙って蹴り上げた。

忠雄の顔が苦痛で歪む。

しかし、その後に彼は笑った。

「……やはり更正プログラムなんかやっても、根本にある性格は変わらないんだ。一度牙《きば》を向けられたら、君は簡単に人に報復する。

……刺せ。

もっと。お前の気が済むまで」

言われた瞬間、シンジの体が揺れた。

「……っくそ!!」

まただ。

また自分の体が勝手に動き出す。

勝手に工具箱からドライバーを取り出して、忠雄の腹に突き刺した。

「……ぐっ……君は、もう成人だ。

再犯では……罪も……重い。

本当の、償いを

「……しろ」

忠雄が喋《しゃべ》り続ける間にも、シンジの手は止められない。次々と忠雄の体にいたずらに工具が刺さっていく。

刺せる物がなくなると、今刺したものをもう一度抜いて突き刺した。

板金工場の従業員が気付く頃《ころ》には、忠雄の息は弱々しくなっていた。

いつの間にかシンジの知らない女性も駆《か》けつけている。

忠雄に縋《すが》るようにして泣いているので、奥さんなのだと分かった。

元に戻って、と叫んでいるがそんなことは起こらない。

いや

さっき一度戻った。

あれは何だったんだ——？

そう思い出した時、耳元でぱんっと音がした。

＊＊＊＊＊

手には飲みかけのコーヒーを持っている。

シンジの隣では、先ほど殺したはずの忠雄がまっすぐに彼を見つめて言った。

「動くな」

シンジの体が硬直する。

――私の頭の声が聞こえるか？――

まただ。

直接頭に忠雄の声が響いた。唯一《ゆいいつ》動かせる目だけで、忠雄を睨《にら》みつけた。

――これからしばらく、周りの声が君の頭に直接聞こえてくるだろう。周りが、君のことをどう評価しているのか聞くといい――

「もう一度、私のことを刺したかったら、刺してくれて構わない。その時は周りの人間は、『やっぱり』と言うだろうね。やっぱり、こいつはダメなやつなんだ、と。

先ほども言ったけど、君はもう成人だ。

今度はきちんと裁かれる」

――本当は私の手で殺してやりたいけど。妻が悲しむからそれは止めてあげよう
――

しばらくすると、女性が走ってきた。

「あなた……!」

「和子。もう、時間を巻き戻すんじゃないよ」

忠雄の言葉に、女性の体がびくんと揺れた。

「……じゃあ、私は帰るよ。シンジ君、もう動いていいよ」

そう言って、忠雄は和子を連れて歩き出した。

工場から従業員が数人、様子を見に来たことで、数人の思考が頭に流れ込んできた。

……その声を聞いて、シンジは苦々しく顔を歪めて足元を見た。

その目に映ったのは、先の尖《とが》ったステンレス片。

シンジはそれを持ち上げた。
かすかに残る鏡面に、自分の顔が映し出される。

その顔を数秒見たのち、
この場を去る男の背後を冷たく見つめ、
シンジは歩き出した。

［ 5分後に禁断のラスト ］

Hand picked 5 minute short,
literary gems to move and inspire you

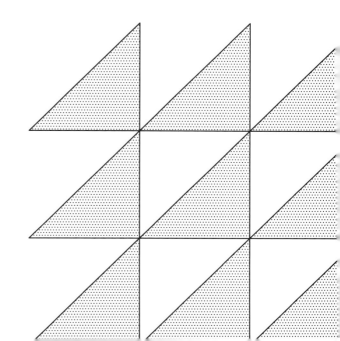

空想教室

唐熊渡

教室の戸を開けたら、そこにはいつもの朝の風景が広がっていた。友達と雑談している奴《やつ》もいれば、本を読んでいる奴もいる。無計画な愚《おろ》か者は一限の英語の予習を必死にやっていた。

「いよーう、おっは！　待ってたぜ！」

喧騒《けんそう》の中自分の席まで来ると、隣《となり》の席の浩太郎《こうたろう》がいつものように朗《ほが》らかな声を上げた。僕に向けられた視線が期待の念に満ちていて、ほとんど白紙のノートの上にシャーペンが転がっている。ため息が漏《も》れた。

「待ってたのは僕じゃなくてこのノートだろ？」

鞄《かばん》を置いて中から自分の英語のノートを取り出し、それで奴の頭をポンと叩《たた》く。浩太郎は頭上のそれを恭《うやうや》しく両手で受け取り、「ありがとうございます！　俊介《しゅんすけ》様！」と叫《さけ》んだ。

「たまには自力でやってこいよなぁ」

自分の席に座りながら、忙《せわ》しなく英単語を綴《つづ》る浩太郎に言うと、奴はノートに視線を向けたまま「俺だってそうしたいのはヤマヤマなんだけどねぇ」と呟《つぶや》く。

「部活終わって家帰って、飯食って風呂《ふろ》入ってダラダラやってっともう十時だかんなー。予習しようにももう元気残ってねぇべ」

「ふーん。まぁバスケ部の練習ハードそうだったもんなぁ」

僕は練習着に身を包み、学校の周囲を延々とランニングしている部員たちの姿を思い浮《う》かべた。

それにさ、と浩太郎がシャーペンを机上に置いて言う。

「ほら、俺やっぱ次世代のエースっつうことで期待されててよ。先輩《せんぱい》とか先生とかのプレッシャーがきついわけよ！」

浩太郎はノートに英語で「ＡＳＥ」とでかでかと書いて、そのページをこちらに向けた。

「浩太郎」

「おう」

「エースはＳじゃなくてＣな」

「……おう」

「あはは！　コーちゃんは相変わらずバカだね！」

浩太郎が「ＡＳＥ」の文字を消し始め、僕が文庫本を開こうとしたとき、可愛《かわい》らしさを含《ふく》んだ声が不意に耳に刺《さ》さる。その瞬間《しゅんかん》、僕は動けなくなった。認識を必死に追いかけるように、わずかに遅《おく》れて心臓が高鳴る。なんとか顔を向けると、そこには柚木《ゆずき》愛《あい》が満面の笑みを湛《たた》えて立っていた。

「おはよう、二人とも！」

浩太郎が柚木におはよーと返す。僕は声がつっかえて「お、おはよう」になった。

「コーちゃん、また夏目《なつめ》くんに迷惑《めいわく》かけてんの？」

「いーんだよ、愛。俊介は俺に頼《たよ》られて嬉《うれ》しいってさ。な、俊介？」

「……うーん？」

「えー、絶対迷惑してるよー？　ね、夏目くん？」

「うん。めっちゃ困ってる」

「おい」

僕の反応に柚木が声を上げて笑った。僕はそれだけのことで、胸中で狂喜乱舞《きょうきらんぶ》だった。

僕は柚木愛に弱い。悪戯《いたずら》っ気を含んだ笑みとか、そのときに浮かぶえくぼとか、すれ違《ちが》ったときに香《かお》ってくる夏を感じさせる匂《にお》いとか。存在の全てが眩《まぶ》しくて、僕はいつも目を逸《そ》らしてしまう。

柚木が女の子の集団に戻《もど》りお喋《しゃべ》りを再開する様を見届けていると、視界にニヤニヤしている浩太郎の憎《にく》たらしい顔が入った。僕は「さっさと予習しろ」とだけ伝える。

何となく本を読む気もせず、窓の外に目を向けた。四月に鮮《あざ》やかな桃色《ももいろ》を身に纏《まと》っていた桜の木には青々とした葉が茂《しげ》っていて、その向こうにグラウンドが見える。殺人的な日差しに蟬《せみ》の声はよく似合った。

右側から聞こえてくる、浩太郎がノートにシャーペンを走らせる音に耳を傾《かたむ》けていると始業のチャイムが鳴った。

▽

目覚まし時計しかり、始業のチャイムしかり、どうして人の目を覚ます音はこんなにも不愉快《ふゆかい》なのだろう。

身を起こすと、明るさに馴染《なじ》まないぼんやりとした視界に男子生徒の茶色に染められた髪《かみ》が映って、たまらなく嫌《いや》な気分になる。

白衣を着た男性教師が事務連絡《れんらく》を終えて教室を出ていくと「おーい、メガネ！　終わった！」と声がかけられる。手には僕の英語のノート。自分が借りたんだから自分で返しに来いよ、と言いたくなるのを堪《こら》える。あのワックスで固めたツンツンヘアーを前にすると、僕の口はまるで接着剤《せっちゃくざい》で引っつけられたかのように動かなくなるのだ。

この教室で、僕は「夏目俊介」ではなく「メガネ」だった。クラスには僕以外にも眼鏡をかけた生徒は大勢いるけど、侮辱《ぶじょく》のニュアンスを込《こ》めてそう呼ばれるのは僕以外にいない。

午前中の授業を消化した後の体育の授業のせいで、今日という一日は最悪な日へと変わった。授業内容はバスケだった。僕はいつも、派手な髪色の生徒や耳元にピアスを光らせている生徒が走り、パスをし、シュートを打つのを見ているだけだった。僕の目標は邪魔《じゃま》にならず、ひっそりとその場をやり過ごすこと。しかし今日は運悪くボールを手にしてしまい、案の定相手チームに奪《うば》われ、味方の奴らから「なにやってんだよ！」と罵倒《ばとう》され、僕は「あ、ご、ごめん」と平謝りする。そんな一日だった。

授業が全て終わると、部活に入っていない僕は真っ直《す》ぐ帰宅した。両親は共働きだからまだ帰ってきていなかった。二階の自分の部屋に行き、ベッドに仰向《あおむ》けに寝《ね》転《ころ》がる。

だからこんな学校、嫌だったんだ。

僕の第一志望校は県内でもトップの進学校だった。必死に勉強した。模試は全てA判定で、僕は合格間違いなしだと思っていた。それなのに落ちた。正確に言うならば、浩太郎と柚木は受かったのに、三人の中で僕だけが取り残されてしまった。

目を閉じるとすぐに思い浮かぶ白い校舎。僕が本来行くはずだった、行くべきだった高校。あの高校は、今僕が通っている高校よりも毎日の授業数が一時限分多い。きっと今は七時限の授業中だろう。

五感が遠のき、意識をより深く沈《しず》めていく。外から聞こえてくる蟬の声がぷつんと途切《とぎ》れた。

▽

授業の終わりを告げる鐘《かね》の音。教室にいる生徒は各々《おのおの》伸びをし、あくびを嚙《か》み殺し、ふぅと息を吐《つ》く。

「んん〜！　やっと終わった！　愛！　部活行こーぜ！」

「ちょ、ちょっと待ってよ！」

浩太郎は僕に「また明日な」と声をかけると、柚木の返答を待たずさっさと教室を出ていく。柚木は女子バスケ部だった。奴の背中を追いかけて、教室を走って後にする。

僕は二人が去った後の教室を見渡《みわた》していた。ほとんどの生徒が帰宅し、あるいは部活に向かい、数がだんだんと減っていく。

窓側最前列の蛍光灯《けいこうとう》が切れかかっているらしくチカチカと明滅《めいめつ》している。開けた窓からは夏の匂いと蟬の声。リノリウムの床《ゆか》は蹴《け》ると軽い音がした。

これらは全てが幻《まぼろし》だ。僕の脳が僕だけに見せている空想。この学校で誰《だれ》と出会い、何について話し、何に一喜《いっき》一憂《いちゆう》するのか。教室はどんな場所か。食堂の人気メニューは何か。教師はどんな授業をしているか。

まるで本当にここで高校生活を送っているかのように、僕はより詳細《しょうさい》に想像する。学校見学で校舎をじっくりと見回ったことがまさかこんな形で役に立つとは思っていなかった。

「ごめん、少し遅れたかな?」

しばらくすると、一人の女子生徒が教室に入ってきた。肩《かた》まで伸びる黒い髪を揺《ゆ》らし、小走りで僕のところまでやってくる。

「ううん、本読んでたから大丈夫《だいじょうぶ》だよ」

「そう？　ならよかった」

自分の胸に手を当て、安心したように息を吐く。品の良い動作だった。

黒い髪に、僕より頭一つ分低い背。大人びた雰囲気《ふんいき》ながらも子供っぽい部分も持ち合わせており、表情がコロコロ変わる。スカート丈は校則を遵守《じゅんしゅ》していて、僕が変に意識せずに済む。

高嶺百合《たかみねゆり》。まさに僕の理想のタイプの女の子で、そしてそれは当然だった。なぜなら彼女が現実には存在しない、僕が僕のために創り出した偶像《ぐうぞう》だからだ。

「じゃ、始めようか」

僕らは非公式の文芸部だった。教卓《きょうたく》の前にある机を二つくっつけて、お互《たが》いに向かい合って座る。互いに読んだ本の感想を言い合ったり、小説を書いて読み合ってみたり、とりとめのない雑談をしたりと、文芸部の活動は特にきっちりと決まっているわけではない。大きな大会があるわけでもないから、毎日の放課後をゆったりと過ごしていた。

僕のくだらない冗談《じょうだん》に、百合が口に手をあててくすっと笑う。僕は彼女のその仕草が大好きだった。

▽

名前を書けば通ると言われているこの高校は、僕にとっては滑《すべ》り止めどころか命綱《いのちづな》だった。僕は第一志望校に絶対に受かると思っていて、私立高校の受験勉強に労力を割《さ》きたくなかったのだ。最悪な事態をとりあえず回避《かいひ》するためだけの予防策。

そんな学校だからクラスには中学生が高校の制服に着替《きが》えただけ、みたいな低能な奴らしかいなくて、だから彼らが入学早々イジメを始めたときもさして驚《おどろ》かなかった。

標的は石田優《いしだまさる》という男子生徒で、いつも何かに怯《おび》えているようなオドオドした奴だった。僕は一度だけ彼と会話したことがある。体育の体力測定の上体起こしでペアになった。お互い他に相手がいなかったのだ。

石田は道端《みちばた》に生えている雑草が好きという、変な奴だった。どれが食べられる雑草で、どれがそうじゃないのかという話を延々と聞かされた。悪い奴ではなかったが、弱い奴だった。イジメというのは得てしてそういう人間が被害《ひがい》にあうのだ。


最初は軽いイジメだった。食堂にパンを買いに行かせたり、移動教室のときに荷物を運ばせたり、イジメというよりはパシリとしてこき使われる毎日。しかし次第に行為はエスカレートしていった。

石田が校庭の雑草を引っこ抜《ぬ》き観察している姿がよく見られたことから、石田の前を通るときに「草くせぇ」などと言うのは日常茶飯事だ。机の中に入っていた彼の教科書には油性マジックで落書きがされ、トイレで水をかけられ、弁当をゴミ箱に捨てられていた。

最近石田は休みがちになっている。週に三日学校に来れば良いほうだ。三ヶ月の間に蓄積《ちくせき》した心労が彼を追い詰《つ》めたのだろうか。石田はイジメられているとき、怒《おこ》ることはなく泣きそうな表情で自分の受けた仕打ちの残骸《ざんがい》を眺《なが》めていた。僕はその姿を見る度《たび》に少しだけ胸がうずいたけど、力のない僕にはどうすることもできなかった。

石田は二週間学校を休んだ。その間イジメ集団は退屈《たいくつ》していたようで、次の日久しぶりに登校した彼にこの上なく酷《ひど》い仕打ちをした。

石田は自分の席の惨状《さんじょう》を見たとき頽《くずお》れた。彼の頬《ほほ》に涙《なみだ》が伝うのが見えた。

机上に大量の雑草。机の中にも、もともと入っていた教科書類が床に落とされ、代わりにぎっしりと雑草が詰め込まれていた。

クラスの連中はその青臭《あおくさ》いにおいに顔をしかめ、石田に文句を言っている。教師さえも石田を疎《うと》ましそうに見て片付けろと命令する。彼は文句を言うこともせず、走って教室を去った。その後ろ姿を見てイジメ集団は下品な笑い声を上げていた。

石田が泣いたのは雑草を机に詰め込まれるという行為以上に、自分が大切にしているものを無遠慮《ぶえんりよ》に踏《ふ》みにじられたことがたまらなく辛《つら》かったからなのだと思う。

その日僕は自転車で家に帰りながら、心の中で石田に謝っていた。助けられなくてごめん、と。庇《かば》わなくてごめん、と。

でも仕方のないことだったのだ。僕がイジメられてこなかったのは彼らに絶対服従していたからなのだ。誰だって自分の身が可愛いに決まっているじゃないか。

ふと考える。こんな醜《みにく》い言い訳をつらつらと述べる僕のことを、高嶺百合はどう思うのだろう。罵《ののし》るだろうか。幻滅するだろうか。憤《いきどお》るだろうか。いくら考えても、「仕方のないことだったのよ」と僕を慰《なぐさ》めてくれる彼女の姿を想像することができない。

石田はその翌日、学校を辞めた。

▽

部活に入っていない僕は放課後を学校の図書館で過ごすことが多いのだけれど、今日は市立の図書館に来ていた。学校にはない蔵書やより多くの資料を得たいときにたまに訪れる。

入口の看板に「絵本読み聞かせ四時半から」と書いてあった。僕には関係のないイベントだなと、特に気にもせず素通りする。

数十分ほど本を読み、さて帰ろうかと思ったとき、イベントルームの開け放したドアから声が聞こえてきた。柔《やわ》らかい女性の声で、それはどこか聞き覚えのある響《ひび》きを持っている。時計を見て今読み聞かせのイベントをやっているのだと悟《さと》る。

僕はどうしても声の主が気になり、首だけを部屋につっこんで中の様子をうかがう。

瞬間、息が止まった。

十数人の幼い子供たちの前で絵本を手に物語る少女。優しげな口調と眼差し。一つに束ねられた肩までの髪が揺れる。

そこにいたのは紛《まぎ》れもなく高嶺百合だった。僕が想像していた通りの理想の姿をそのまま切り取って現実に持ってきたみたいで、自分のいる場所が妄想《もうそう》か現実なのか区別がつかなくなる。

百合に声をかけそうになるのを読み聞かせが終わるまで必死に堪えた。気持ちが焦《あせ》って彼女が口にする物語は頭に入ってこない。予定の三十分間が永遠のように感じられた。

盛大な拍手《はくしゅ》の後、子供たちが列を作って部屋から出てくる。その最後尾《さいこうび》にいた高嶺の姿を見て、僕は彼女に駆《か》け寄る。

「百合！」

予想外に大きな声が出た。彼女と目が合う。その瞳《ひとみ》が驚愕《きょうがく》に大きく見開かれるものの、一転して不可解な表情に変わる。

「えっと……。どうして私の名前を？」

しまったと思った。気持ちが昂《たかぶ》って、浅慮に過ぎた自分に気づかないほど我を見失っていたらしい。咄嗟《とっさ》に言い訳を考えたものの、彼女が着けている名札には「高嶺」の二文字しかない。

僕が答えあぐねていると、図書館の職員の四十代の女性が話しかけてきた。どうやら、さっきからイベントルームを覗《のぞ》いていたことを不審《ふしん》に思われたらしい。

まずい。弁明しようにも良い考えが浮かばない。実は高嶺さんをずっと妄想してて、その人が現実にいたので思わず見つめてしまったんです、と言えるはずもない。

沈黙《ちんもく》を貫《つらぬ》く僕に、職員の不審感が高まる。

「え、えっと！　私たち友達で、たぶん私が読み聞かせしてる姿を見にきたんだと思います！」

そんな折に彼女が声を張った。ね、夏目くん？　と問われ、即座《そくざ》に首肯《しゅこう》する。

機転が利《き》くところも、想像上の高嶺百合と同じだった。それを聞いた職員は笑顔になり、やけに上機嫌で僕の肩を叩いた。「それならそうと早く言いなさいよ〜」と朗らかに笑う。

二人一緒《いっしょ》に図書館を後にした。帰り際、職員が「またお願いね」と言い、百合が「はい」と返事をする。僕が何のことか尋《たず》ねると、彼女は週に一回の読み聞かせのボランティアのことだと答えた。

「ごめん、さっきは本当に助かったよ」

帰り道、歩きながらそう言うと百合は「ううん」と首を振《ふ》る。

「でも、どうして……？」

「うーん……。なんとなく？」

「なんとなくって……」

「なんとなく、悪い人じゃない気がして」

先を行く彼女が、振り向いて微笑《ほほえ》む。二人の間を涼《すず》やかな夕方の風が吹《ふ》き抜けていく。

「夏目くんこそ、どうして私の名前を？」

「いや、以前さ、百合を見かけたんだよ」

「私を？」

彼女が自分を指さす。僕はそう、と頷《うなず》く。

「そのときさ、その……素敵な人だなーって思って……。友達が百合って呼んでたから、覚えちゃって。で、偶然図書館で見かけて、つい……」

僕はあらかじめ考えていた嘘《うそ》を語る。少し苦しいかもしれない。百合は僕の少し前を歩いていて、表情は見えない。彼女が前を向いたまま尋ねてくる。

「それっていつ頃《ごろ》?」

「いつだったかな……。五月くらいだったかも」

「そう、なんだ……」

それきり僕らの間に会話はなかった。彼女が一度もこちらを振り向くことはなく、僕は嘘がばれてしまったのかと気が気じゃなくて、心臓の鼓動《こどう》の音だけに耳を傾けていた。

図書館近くのバス停に着くと彼女は自分がバスで帰る旨《むね》を告げた。僕は「それじゃあ、ここで」と手を挙げ、帰路につく。

「夏目くん」

背を向けた僕に百合が声をかけてきて、僕は振り返る。

「また、図書館に来てくれる？」

彼女の少し不安げな表情。夕焼けのせいか頬が少し赤くなっていた。

もちろん。僕はそう答えた。

▽

それから読み聞かせのイベントが開催《かいさい》される度に、僕は市立の図書館まで足を運んだ。イベントが終わるまで本を読んで過ごし、帰るときはいつも百合と一緒で、僕たちは色々な話をした。

彼女が近くの女子高に通っていること。ボランティアを始めたのは四月からだということ。僕と同じで読書が好きであるということ。

彼女を知れば知るほど、僕は現実にいる彼女と想像上の彼女があまりに一致《いっち》し過ぎていることを痛感する。まるで僕が彼女という存在を生み出したかのようだった。

彼女との会話にも困ることはなく、教室でいつも話しているときのように自然に振る舞うことができた。

週に一回の、彼女と話すことのできる日だけを楽しみに生きていた。浩太郎はLINEでカラオケに行ったことやプリクラを撮《と》ったことを楽しそうに報告してきたが、僕は特に羨《うらや》むこともなかった。


この頃、僕の空想の教室においても変化があった。ある朝のことだった。クラスの担任が「転校生を紹介《しょうかい》する」と言って教室に入ってくるよう促《うなが》すと、一人の男子生徒が戸を開けて入ってくる。

「い、石田優です。よろしくお願いします」

彼は想像の中でもオドオドしていた。皆《みんな》と同じ制服のはずなのに、白いシャツがやけにヨレて見える。

石田はクラスの皆にすぐに受け入れられた。当然だろう。このクラスには偏差値《へんさち》が高い生徒ばかりで、イジメをしようとする低能なんていないのだ。

僕は石田を文芸部に誘《さそ》い、百合も歓迎《かんげい》した。いつもは二つ並べている机を三つに増やし、小説について語り合う。

途中、石田が「ツユクサがこの時期に生えているのはおかしい」と言い出したり、「オオバコは実は食べられるんだよ」とうんちくを長々と語ったりして面倒くさかったけど、人数が一人増えただけで議論は違った面白みを持った。何より、百合と話すことは空想でも現実でも楽しかった。

柚木のことを思う。彼女は百合とは正反対な奴だった。柚木は百合と違って日に焼けていたし、大口を開けて笑うし、偶然身体が触《ふ》れ合っただけで顔中を真っ赤にするようなこともない。

百合は僕の理想だ。彼女以上の存在はきっといない。あの頃僕の近くにいる異性は柚木だけだったから、あの気持ちはきっと錯覚《さっかく》だったのだろう。

僕はこの毎日が続けば良いと思っていた。

続くのだろうと、思っていた。

▽

悪いことは重なるものなのか。

僕は自宅への道を懸命《けんめい》に駆け抜けていた。

今日だけは百合に会いたかったのに。

昨日、嫌な光景を見た。

仕事から帰ってきていた母に、夕飯の食材を買ってくるよう頼まれた。その帰り道、部活を終えたらしい学生たちが多数歩いていて、その中に見知った後ろ姿を見つけた。それも、二人で一緒にいるところを。

僕は一目で悟った。小学校から一緒だった二人の、見たこともない表情とその距《きょ》離感《りかん》。何より視覚と聴覚《ちょうかく》を超《こ》えた部分で感じる二人の特別な関係。

なんてことはないと思った。僕には理想の女の子が側にいたから。いてくれると思っていたから。

けれど今日いつものように図書館に行っても、そこに彼女の姿はなかった。僕に気づいた職員が、沈んだ声で告げる。

『彼女、引っ越《こ》しちゃったのよ』

『引っ越し……？　どういうことです？』

目を見張る僕に、職員は声を潜《ひそ》めて言う。

『彼女、イジメられてたみたいね』

『そんな、まさか』

『私前ね、見ちゃったのよ。更衣室で高嶺さんが着替えているとき、背中が痣《あざ》だらけになってて……。きっと目立たない場所ばかりに暴行を受けてたんでしょうね』

そこから先のことはあまり覚えていない。もっと力になってあげれば良かったと嘆《なげ》く職員にお礼を言った後、僕は無我夢中だった。

鍵《かぎ》を使って家のドアを開けて、階段を駆け上がる。自分の部屋に行って鞄を放り投げると、すぐさまベッドに横になった。

せめて、夢の中で。

僕は抗《あらが》うことなく意識を手放す。

▽

教室には石田優がいた。正確には石田優しかいなかった。高嶺百合も、佐藤《さとう》浩太郎も、柚木愛も、その他の生徒も誰もいない。部活の終了《しゅうりょう》時刻なのに、その喧騒もどこにもない。

「石田、百合を見なかったか?」

教室の中央に立つ彼に問う。

「いや、見ないよ」

彼は手に持った雑草の図鑑《ずかん》をのんきに読んでいて、僕はそれが無性に腹立たしく感じた。

「百合がいないんだ! 捜《さが》すのを手伝ってくれ!」

「嫌だ」

「……は?」

「嫌だと言ったんだ」

ようやく、石田と目が合う。背筋がゾッとした。驚くほど冷たい瞳が僕を睨《にら》んでいる。

「夏目くん。君は僕のことは助けてくれなかったのに、高嶺さんのことだと必死になるんだね」

「いや、そんなことは……」

そこから先は、言葉が続かなかった。僕が彼を見捨てたのは事実だ。彼がイジメられているのが分かっていても、見て見ぬふりをした。だって、どうしようもなかったから。僕にそんな力はなかったから。

「君はここに、この教室に僕を呼べば、それで贖罪《しょくざい》になるとでも思っていたのかい？」

石田が淡々《たんたん》と語るのを、僕は黙って聞いている。

違和感には気づいていた。ここは僕の空想。この場所で体現されるのは、僕が知っていることだけだ。そして、僕の思い通りにできるはずだった。

「わざわざ市の図書館にまで行ってさ。雑草についての知識をたくわえて、僕にこうして喋らせることで、僕が楽しく過ごしている姿を眺めることで、そうやって罪を贖《あがな》おうなんて」

君は、卑怯《ひきょう》だね。

そしてそれは、自己満足でしかない。

ああ、と思った。僕は理解した。

「こんなもので現実が変わると思うんじゃねぇよ」

こいつは、僕だ。

▽

深夜の二時に、玄関《げんかん》にあった金属バットを持って家を出た。こんな時間に外へ出たのは初めてだった。夜風が僕の背中を押《お》す。

学校に着くと、開けておいた一階のトイレの窓から校舎に侵入《しんにゅう》した。誰もいるはずのないことが分かっていても、心臓の鼓動が速まるのを抑《おさ》えることはできない。

無人の一年三組の教室は昼間の喧騒が嘘のように静まり返っていて、自分の歩く音だけがこの空間を支配していると分かると、なんとなく気分が高揚《こうよう》した。

バットのグリップをきつく握《にぎ》る。

自分でも愚かなことだとは思うけれど、でもこれ以外に方法がなかったのだ。

こんなもので、現実は変わらない。これからやるのは現実を変えるための通過儀《ぎ》礼《れい》みたいなものだ。

自分の席へ向かう。振りかぶって、一撃《いちげき》。凄《すさ》まじい衝撃音《しょうげきおん》が僕の鼓膜《こまく》を揺らした。机にひびが入り、衝撃で手が痺《しび》れる。

並んで歩く二人の姿を思い浮かべた。くだらねぇと吐き捨てる。これが現実なんだと思う。窓ガラスを数枚割った。

石田の席の上には、植物図鑑が載《の》っていた。それごと叩き割る。

イジメを見てみぬフリをしていたクソ教師の顔を思い浮かべて、教卓を破壊《はかい》。クラスの標語が壁《かべ》に貼《は》ってあった。ビリビリに破く。時計を叩いたら時は止まった。

床はへこませる。手あたり次第、そこらじゅうにある机と椅子《いす》を蹴り飛ばした。観葉植物は窓から捨てた。箒《ほうき》は折った。雑巾《ぞうきん》は燃やした。

壊して、壊して、壊した。床には亀裂《きれつ》。窓にはひび。心は張り裂けそうだった。

窓の外が、仄《ほの》明るくなっている。

▽

僕が全てを壊しても、石田はもう学校にはいないし、浩太郎と柚木は変わらずイチャついているのだろうし、高嶺百合はこの街を去ったまま帰ってこない。

一年振りにこの教室を訪れたとき、僕はその惨状を見て言葉が出なかった。これを僕がやったのだと思うと、昔の自分はよくぞここまで思い切ったことをしたものだ、と感嘆する。

散らばった木片や、割れたガラス。歩くたびに鋭利《えいり》な音がする。

「や、待ってたよ」

そして彼女は、事もなげにそう言うのだった。

机を二つくっつけて、一年前のように向かい合って座る。彼女の髪はバッサリと切られていたし、僕の身長もあれから五センチほど伸びた。

真っ二つに折れたネームプレートをセロハンテープで繋《つな》げた。何て書こうかと話し合い、数十分の議論の末『空想教室』に決定した。廊下《ろうか》に出て取り付ける。

彼女は転校先の学校で上手くやっているらしい。残念ながら彼氏もできていた。髪を切ったら君は僕の理想じゃないと言ってやった。それくらいの強がりは許せ。

僕らはまた文芸部の活動を始めた。なぜなら、空想の中でも物語を紡《つむ》ぐことはできるからだ。

僕は彼女に問う。

「君の理想のタイプって、どんな男？」

夕暮れの中で、彼女は微笑む。

[5分後に禁断のラスト]

Hand picked 5 minute short,
Literary gems to move and inspire you

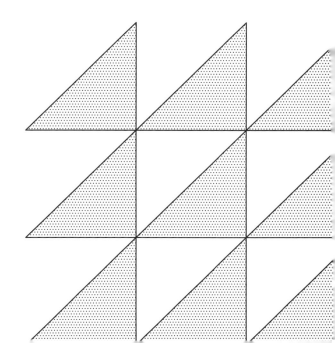

DNA

Uranus

「いってらっしゃい」

午前七時三十分。

玄関《げんかん》で夫を見送った。

名の知れた企業《きぎょう》の経理を担当する夫とお見合いで結婚《けっこん》した。なぜこの人がお見合いをしたのか不思議に感じた。

三十三歳《さい》、年齢《ねんれい》も若い。見た目は少し前に結婚した俳優に雰囲気《ふんいき》が似ている。

その上、年齢のわりに平均より高い給料をもらっている。

私は三十八歳。

いくら結婚年齢が上がったとはいえ、さすがに周りはほとんど結婚してしまった。

取り残されたようで、焦《あせ》りに焦って結婚相談所に登録した。

初期出費は多少かかったが、レベルの高い相談所にした。夫と結婚できたらお釣りがくる。

唯一《ゆいいつ》の武器が使えなくなる前に急いだのが功を奏したのだ。

私は子供がすぐにでも欲しかった。年齢的にタイムリミットが迫《せま》っている。

彼は新婚を楽しもうと旅行のパンフレットをもらって来たり、おいしいからとワインを買って帰ってきてくれたり、時には今時のライブのチケットを取ってくれたりもする。

全て私との生活を潤《うるお》いある楽しいものにするため、彼は日々努めてくれた。

早い帰宅の日は一緒《いっしょ》に夕飯を作ったり、私に楽させてあげたいと一日家事を代わってくれたり、文句のつけようがなかった。

それもあって、なかなか子供について言い出せないでいた。

この人を逃《のが》すと私には後がない。

可愛《かわい》い子供が欲しい。私はキャリアもある、誰《だれ》もが羨《うらや》む夫も得た。

後は可愛い子供がいれば完璧《かんぺき》だ。

内緒で避《ひ》妊具《にんぐ》に穴を開け続けた。数ヶ月経って待ちに待った日が訪れた。

妊娠《にんしん》の可能性が出た。仕事帰りに検査薬を買って帰宅した。

その日、彼は同僚《どうりょう》の旅行の土産《みやげ》だと沖縄《おきなわ》の泡盛《あわもり》を持って帰ってきた。

「今晩、一緒に飲もう」

琉球《りゅうきゅう》ガラスのグラスも一緒にもらっていて、彼は自ら洗い食卓《しょくたく》に出した。

妊娠の確信がもててから打ち明けようと思った。しかし、思った以上に早く言わなければならない状況《じょうきょう》が訪れてしまった。

「うん。ありがとう。

でも、今日はちょっと止めておこうかな」

やんわりと泡盛を断る。

「どうして？　お酒は好きだよね。

もしかして体調でも悪い？」

彼は妊娠の可能性など露《つゆ》ほども考えていない。避妊具の穴を知らないのだから仕方がない。

仕方なくグラスに少しだけ泡盛を注ぎ、飲んだ振《ふ》りをすることにした。

検査結果を待ってからでないと今まで以上、妊娠に用心されると困るのだ。

口に酒を含《ふく》み、何かを取りに行く振りをしてシンクに吐《は》き出した。

幸い彼は何も気付かず、私の料理を誉《ほ》め、今度は沖縄料理を食べに行こうかと楽しそうに話しかけてくれた。

彼が素敵であればあるほど、子供が欲しい。

子供がいれば私の人生は完璧になる。

見た目も性格も経済力も何もかも揃《そろ》った夫、私は美しくあるべく美に対して大枚をつぎ込《こ》んだのだ。

そのためにキャリアを積んで高給を稼《かせ》いだ。今はキャリアなど捨てても構いはしない。彼の稼ぎだけで何不自由ない暮らしができる。

僕には秘密がある。

妻にはどうしても言えない。

昔から結婚に憧《あこが》れを抱《いだ》いてきた。そのために必死に勉強し、努力を重ねた。

結婚相談所に登録し、思い通りの女性と結婚することができた。

誰もが羨むような美人で性格も温厚、それでいて仕事もできる。非の打ちどころがない。

しいて言うなれば年齢が少し上だというくらいだ。

僕はあえて年上の彼女を選んだ。

彼女も結婚相手を探していたのでとんとん拍子《びょうし》に話が進み結婚までこぎつけた。

彼女を逃さないように努力をした。

恋人《こいびと》気分をいつまでも保てるように様々なことをした。外食に連れ出したり、サプライズのプレゼントを渡《わた》したり、エステや美容院の費用も惜《お》しみなく出した。

彼女は料理も上手で家事も手を抜《ぬ》かないとてもできた女性だ。僕は彼女の息抜き役も買って出て家事もこなした。

この人を失ってしまうと僕の描《えが》いた結婚生活が崩《くず》れてしまう。

いくつも結婚相談所に登録して、ようやく巡《めぐ》り会えた希望通りの女性なのだ。

生活は順調にいっていると思っていた。

何も不満などないと信じて疑わなかった。

今夜に限って彼女は何か言いたげで、普《ふ》段《だん》と少し様子が違《ちが》う。

食事が終わってからベッドで話を聞いてあげよう。そう思い早めに食事を切り上げ先に彼女を風呂《ふろ》へ入れた。

同僚が新婚旅行の土産にくれた沖縄の泡盛の酔《よ》いが少しだけ気分を良くしていた。

ふと思い立ち浴室にいる彼女のもとへ向かった。


彼に気付かれないようにどうにか食事を終えることができた。

後は検査をするだけ。先に風呂に入るように言われ検査薬を浴室に持ち込んだ。

一刻も早く結果が知りたい。風呂上がりにトイレに持ち込んで検査するつもりで脱衣籠《だついかご》の隅《すみ》に検査薬を忍《しの》ばせておいた。

ゆったりと浴槽《よくそう》につかり、まだいるかどうか分からないお腹を撫《な》でる。きっといるはずだ。

不思議と確信があった。母親のカンなのだろうか。

ふいにガチャリとドアが開く音がした。

彼が脱衣所に入ってきた。

すぐに服を脱いでいる姿がドアに透《す》けて映った。

止める間もなく彼が来る。

慌《あわ》てて立ち上がり彼を止めようとした。

「たまには一緒にいいだろ」

そう言うと飛び出した私を優しく抱《だ》きしめた。

私の濡《ぬ》れた肌が彼の肌を濡らす。

そのままキスで私の抗議《こうぎ》をふさいだ。

マズイ。

脱衣籠の検査薬で頭がいっぱいだ。見つかってはいけない。

どうにもできず、彼に身体を預け浴室へ誘《さそ》おうとした。

彼は気が変わったようで一旦《いったん》唇《くちびる》を離《はな》し、私の身体を片手で抱いたままタオルに手を伸《の》ばす。

「やっぱり寝室《しんしつ》で」

あっという間だった。

タオルに引っかかり、検査薬が落ち床《ゆか》で乾《かわ》いた音を立てた。

彼の動きが止まった。

視線の先は検査薬だ。見つかってしまった。

「これ……」

覚悟《かくご》を決めて彼に打ち明けた。妊娠の可能性がある。だから今日の泡盛も本当は飲んでいない。結果が分かってから言いたかった。そう正直に話した。

彼の表情はこわばっている。

ゆっくりとした動作で検査薬を拾い上げると私に差し出した。

「今すぐ話さなければならないことがある」

深刻な顔で私にタオルを掛《か》け、自分も身体を拭《ふ》きはじめた。

無言のまま二人とも服を着るとリビングへ戻《もど》った。

彼の話とは……怖《こわ》い。もしかして妊娠を喜んでくれないということだろうか。

いや、でも私は彼の子でないと困る。自分の顔と彼の顔の相性も考えて決めたのだ。


美しい子が欲しい。


そのために彼を選んだ。それが第一条件だったのだ。

たまたま彼のその他の部分が思った以上に優れていて、この人以外いないと思ったのだ。

「妊娠していたら困るの？」

恐《おそ》る恐る彼に確かめた。

彼は何も言わず力なく俯《うつむ》いた。

「あなたの子供が欲しかったの」

必死に子供を守るようにお願いした。

彼は覚悟を決めたように顔をあげると私の目をまっすぐ見つめた。

「君に話していないことがある。

どうしても今話しておかなければならない」

「――なに?」

「先に検査をしてくれないか?

ドアの外で待っているから」

背中を押《お》されトイレに押し込まれた。

言われるがまま検査薬を試す。

「そのまま聞いてくれ」

私は検査薬の窓をじっと見つめて彼の声を聞いていた。

「実は……
この顔――――
整形なんだ」

血の気が引いていくのが分かった。
整形……
それじゃあ、子供の顔は……

検査薬の窓にうっすらと線が現れ始めた。
望んだ妊娠だ。陽性反応が次第に濃《こ》く現れてきた。
「元の顔はこの顔じゃない。
だから子供の顔は僕には似ないことを願う」
そんな……

「君に似れば、可愛い子になるよ。

でも、妊娠したなんて思ってもいなかった。

できないほうがいいと思っていたから……」

最後に小さな声で騙《だま》してゴメンと聞こえた。


私こそ騙した。

子供は欲しかったけど、自分の顔では美しい子が望めないと思った。

だから。

大枚はたいて生まれ変わったのに……。


彼もまた生まれ変わっていたなんて。

検査薬が確実に体内の存在を告げていた。

「結果は?」

彼がドアをノックする。

私は美しくない子を宿してしまった。

愛せるはずだ……

私に似て、彼に似た子。

力なくドアを開け、浮《う》かんだラインを見せた。

［ 5分後に禁断のラスト ］

Hand picked 5 minute short,
Literary gems to move and inspire you

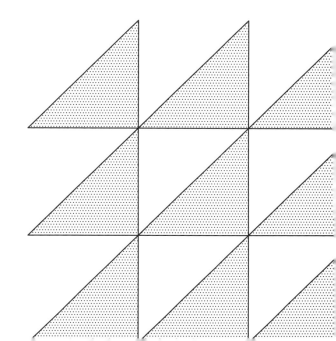

九番絶賛曲

瞬丘亞乱

この世界には、「九番絶賛曲」が必要なんだ。

絶賛曲とはまさに絶賛するための曲であり、絶賛されるための曲である。

大衆が聴いただけでブラボーを躊躇《ためら》わずして涙し、何度も何度も拍手《はくしゅ》してはアンコールを繰《く》り返すような素晴らしい音楽。

僕はずっとこの曲を待ってた。

恩師に託した「ずっと待ってます」という言葉などもう遠くにない。

恩師は九番絶賛曲をつくる途中《とちゅう》に死んだ。

もう、

「ずっと待ってるから」

という態度でいてはいけないのだ。

諸君。今、走り出せ。

九番絶賛曲に向かって。

秘密の時間

音楽。

それは未知なる感動や共感、また人の人生を彩《いろど》り変えてしまう力をもつ。

芸術はいつだって人の味方で、苦しいときも悲しいときも、耳に届く肌触《はだざわ》りのよい歌詞などに何度人が泣き、酔《よ》いしれ、峠《とうげ》を越《こ》してきたかわからない。

そんじょそこらの幸せだってたくさんの楽器が奏でる曲に変えれば、なんと日々が幸福なことの連なりであるかを知るんじゃないだろうか？


僕、カナデリアは短剣《たんけん》を胸にひそめ、白の制服に身を包み今日も戦場に赴《おもむ》いた。

何人もが死んでいく時世。

国と国は争うことを国民に強要し、いつになったら終戦がやってくるのかと、人々は遠くの星や存在するかわからない神様に願いをこめた。

その願いよきっといつか届け。

今。


今、届かなかった願いがひとつ死んでいく。

滅《ほろ》び行くまちの景色は砂ぼこりが舞《ま》ってはコンクリートが砕《くだ》けて落ちてくる。

投下される兵器は残虐《ざんぎゃく》に命を蝕《むしば》む。

夏の暑いとき、僕も何人の返り血を浴びただろうか。


疲《つか》れるとマンホールの下に、かつての仲間とつくった基地に休憩《きゅうけい》に行く。

マンホールの下へはしごを辿《たど》ると、階段が上に続き、いくつかの迷路をくぐると、僕は幸せに包まれる。

丸い空間は小さくとも、小さなデッキを置くには十分だった。

血まみれの僕は丸く座り込《こ》み、焦りぎみに耳にイヤホンをつけた。

流れる曲の名前を、「絶賛曲」という。

真っ暗な中、ランプをつけることもなく、デッキの点滅だけがチカチカした。

開花。

まるで大きな花から小花まで、ぽこぽこと僕のなかにうまれゆく。

その心模様は一瞬《いっしゅん》で春なり。

「あぁ！　ファンタジー！」

「素晴らしい！」

「ブラボー！」

僕は涙し、絶賛曲を味わった。

拍手し秘密の基地は僕の感動の声が響《ひび》き渡《わた》っては、戦場とは全く違《ちが》う空気を醸《かも》し出す。

陽気。

僕の心は高揚《こうよう》し、胸の真ん中からあたたかくなっていく。

マンホールの蓋《ふた》まで僕の歓声《かんせい》は響いた気がする。

朝までイヤホンをつけて幸せに包まれた。

そうして戦場に赴いた。

それを繰り返して終戦した。

僕の国が負けて、いったいなんのためにたたかってきたのか、今も泣いている人がたくさんいる。

道端《みちばた》に転がったラジオから絶賛曲が流れても、悲しい空気が堪《た》えない。

だから僕は恩師を訪ねることにしたんだ。

九番絶賛曲を求めて。

約束

空腹のなか拾われた午前二時。

我が国八回目の終戦。

戦《いくさ》に負けると、たくさんの食べ物がなくなって、僕は小さい頃《ころ》両親をなくした。

ボロボロになった心と体を地にはわせ、
「お母さん」
か細い声がまちに響いた。
死骸《しがい》がたくさんそこらに落ちていて、無惨《むざん》な人の姿はおそろしかった。
目の前に立ちはだかったのは、敵国の兵士だった。
終戦したにもかかわらず、僕に向かって剣を振《ふ》り下ろした。
目をつぶって開けると、敵国の兵士は死んでいた。
代わりにがたいのよい男の背中が目に入った。
振り向いて僕を見下ろす男と目があって、かちんとなにかが合った。
うまくいえないけど、その瞳《ひとみ》に安心して眠《ねむ》ってしまった。
あの瞳はきっと、強いものだ。
強い意志をもったものの瞳だ。
おそわれた眠気に無惨に殺された両親をみた。

悪夢で目が覚めると、びしょ濡《ぬ》れに汗《あせ》をかいていた。
かはっとなにかを吐《は》き出すように僕は泣いた。
その様子を男が見ていた。
なにも言わずに。

絶賛曲を知ったのは、男がイヤホンを僕につけてくれたからだった。
言葉の違う男は、制服を脱《ぬ》ぎ捨てたかつての敵であったみたいだ。
異国の曲に、なんとも悲しさと幸せが交わった。
——僕はまだ生きている——
そう思った。
何回泣いたかわからないけれど、僕はその曲に助けられ、男を恩師と呼ぶことにした。
僕らは互《たが》いの国の言葉を勉強した。

ともにご飯を食べては笑った。

乾杯《かんぱい》しながら絶賛曲を聴《き》いた。

しばしのときを幸せに過ごした。


「ハチバン」

あるとき、恩師が片言で話しかけてきた。

「ゼンブデハチキョク」

「ふぅん」

「マタセンソウハジマル。ワタシキューバンツクル」

「つくる?」

「アタラシイゼッサンキョク。ヒトガスクワレル。ヨイコト」

僕は夢をみたように嬉《うれ》しくなった。

新しい絶賛曲ができる。

その誰《だれ》かのために絶賛曲をつくることがすごいことに思えた。

「楽しみにしてる！」

にかっと笑った僕は、恩師が大好きだった。


今、恩師の死骸を見下ろしている。

銃《じゅう》でやられた後だった。

僕はかつての約束が叶《かな》わなかったことを、しばらくしてから知った。

絶賛曲の楽譜《がくふ》が途中で途切れているのを、恩師の作業場で見つけた。

音符《おんぷ》に合わせて歌ってみたら、絶賛曲は途中で紡《つむ》がれないまま、まるで恩師がいきなり死んだことを思い出させるようだった。

悲しくてかはっと吐き出してみても、八番絶賛曲を聴いても、なくならないこのいらない気持ちは消え失せない。

もうみんな待っているんだ。

新しい絶賛曲を。

新しい幸せの音を。

立てないまま、僕も待っているんだ。
恩師がいなくなってからも。

悲しい音楽

恩師に別れを告げて、僕はやけあとに帰った。
片付ける作業がある。
壊《こわ》れ落ちた建物のコンクリートや落ちている武器の数々と、たくさんの死骸。
腐敗臭《ふはいしゅう》がし、夏の虫がたくさんたかった。
そのブイブイいうのがたまらなくうっとうしかった。
そこに子供の泣き声。
ご飯がないとか、死んだ親を呼ぶ声。
共食いしようとしている連中の喧嘩《けんか》をとめたりしない。
その目はもう危ない。

ここはまだ戦場なのだ。

車がやってきて、それに死体を積んでいった。
すがる子供を追い払《はら》って、顔のない母親を乗せた。
ずりっと肉が腐《くさ》って落ちた。
ぼとりと目玉が落ちた。
ぼとぼと。
不気味な音が僕に残った。
耳に聞こえる全てが気持ち悪かった。
ここには優しさなどないし、絶賛すべきものもない。
ラジオから七番絶賛曲が流れても、誰も聞いていなかった。
僕らは今、何に救いを求めればいいいんだろうか?

ここは悲しい音楽がなっていた。

人が愛するものをなくして頼《たよ》りなく足を引きずる音も、コンクリートをのけて下《した》敷《じ》きの人を助ける音すらも、全部全部悲しい音みたい。

暑さばかりが続いて、頭がもうろうとするなか、みんな泣いていた。

男もみんな泣いていた。

死体を掴《つか》む手が怒《いか》りでわなわなと震《ふる》え、その震動すらも響き渡るほどの力をもってして泣いた。

そうすることしか、僕らにはできなかった。

九番絶賛曲

あんまり悲しくて、僕は恩師のつくった未完成の九番絶賛曲を口ずさんだ。

みながそれに聴き入った。

口をおさえて、まさに絶賛しそうな感動が押《お》し寄せる。

幸せが向こうからやってくる。

だけど……。

曲は途中で終わってしまう。

みんながそのとき絶望的な気持ちになった。

いきなり奪《うば》われたなにか。

そのとき、小さな子供が呟《つぶや》いた。

「お母さんのところに行きたい」

と。

子供が、身近にあった銃を危なっかしい手つきで摑んだ。

僕はすぐにそれを奪い取った。

すると子供は暴れて、

「お母さん！　お母さん！」

と叫《さけ》ぶ。

僕も思わず叫んだ。

「生きろ！」

と。

その言霊《ことだま》に子供はビックリしていた。

「生きろ?」

「そうだ。呼吸をやめるな!」

また僕は叫んだ。

「生きろ!」

と。

しんとした空気が、少し震えた。

ぶるぶると湧《わ》き上がる力をこめて、

「生きるんだ!」

僕は何度も叫びだした。

僕の言葉に、みなが続いた。

「生きろ! 生きろ!」

「生きるんだ!」

「希望を捨てるな！」

「強くあれ！」

みながみな思うことを叫んだ。

涙《なみだ》の中に残っていた力を今、僕らは紡ぐ。


のちに、九番絶賛曲は完成した。

生きる強さを訴《うった》えたものだった。

歌うと痛いのに、確かな感動が押し寄せるのは、生きている証《あかし》だと思う。


「ずっと待ってます」

恩師に託《たく》した願いは叶わなかった。

僕らは走り出す。

苦しいなかを一生懸命《いっしょうけんめい》。

九番絶賛曲、みんな聴いてみたい？
素晴らしい音楽は、もうみんなの中にあるんだよ。
奏でる中に幸せが、見え隠《かく》れしては輝《かがや》いて、もうすぐまた夏がやってくる。
蟬《せみ》の元気な声を、子供が追いかけることだろう。

［ 5分後に禁断のラスト ］

Hand picked 5 minute short,
Literary gems to move and inspire you

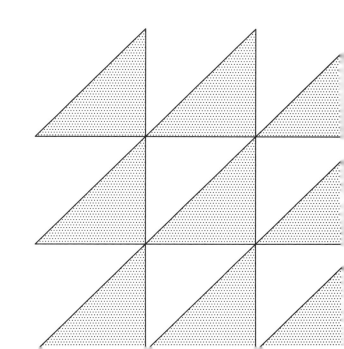

電動星《ほし》屑《くず》は紅茶を飲めない。

星傘蘭

それってとんでもなく非効率的ですよと彼女は眼鏡をくぃと押《お》しあげながら強くぼくに言った。うんそうかー。紅茶をもうひとくち飲むとほどよい甘《あま》さが喉《のど》を転がり落ちる。砂糖を入れすぎないことがかんじんだと思う。

「だって粗末《そまつ》な燃料を口からとりいれてあれこれ遠回り。発電方法としては最悪ですよ」

「そんなことぼくに言われてもなぁ」

「発電の構造に無駄《むだ》が多いのみならず、毎日三回以上の面倒《めんどう》な作業を繰《く》り返してやっと動力を得る生活は、時間の浪費《ろうひ》という観点から考えても実にコスパが悪いです。非効率的な発電に来る日も来る日も依存《いそん》し続けているので、近頃《ちかごろ》はあなたがさらに頼《たよ》りなく見えてきました。この際やめてみては?」

「えっやめるの」

「はい。半年ほど、燃料を口に入れる作業はやめにしてみましょう」

「いやそれ死んじゃうからねぼく」

「試してみないと判《わか》りません」

「試してみるまでもなく餓死《がし》しちゃうってば」

「半年だけでも」

「死ぬ死ぬ死ぬ」

「なんて頼りない……」

「食事やめないとぼくは頼ってもらえないの」

ハードル高っ。

食堂は人間と機械でごった返していた。交ざりあって楽しげに談笑などしているためによく見ないと判別できないくらいぼくたちは平然と同僚《どうりょう》だった。ここのガラスの壁《かべ》は開放感があってよいですね、とかなんとか機械たちが向こうで喋《しゃべ》っている。人間が三十分くらいかけて美味《おい》しい燃料を口へ詰《つ》めているあいだにアンドロイドたちはチャージパネルへ一瞬《いっしゅん》手を載《の》せて食事を済ます。今日は風が気持ちいいからせっかくだし木陰《こかげ》で食後の紅茶でも。機械がそんなことを言ってくる会社だ。社会全体が大量の哲学的《てつがくてき》ゾンビに支えられていた。血液をからだの隅々《すみずみ》まで届けてくれるポンプは、こころとしての意義を崩壊《ほうかい》させ始めていた。

「しかし、呆《あき》れるほど非効率的な発電をしている自身が恥《は》ずかしくはないのですか」

「だからそんなことぼくに言われてもなぁ」

「羞恥《しゅうち》を誤魔化《ごまか》すために改善策まで無視するのですね」

「改善策ってもしかして例のひどく苦しい自殺のこと言ってるかな？　人間を作ったのはぼくじゃないんだよ。消化器官に文句があれば神様に言ってくれる？」

「神というのは人間が人間の弱さから逃避《とうひ》する一つの手段として創造した都合のよいごっこ遊びに過ぎず」

「うわー出たー機械はこれだからさ」

スーツのポケットへ手を伸《の》ばした。切って持ってきていたＰＴＰシートをつまみあげ、指先でぷちっと錠剤《じょうざい》を押しだす。落とさないよう右手でしっかり鼻炎薬《びえんやく》を包んでおいてゴミのほうはポケットへ戻《もど》そうとしたら、彼女に奪《うば》い取られた。

「うわなにすんの眼鏡」

「なんですか眼鏡。ゴミくらいちゃんと捨ててくださいよ」

眼鏡が曇《くも》るのも構わずティーカップを傾《かたむ》けたぼくの左手から今度はそれも取りあげる。首にかかる彼女の黒髪《くろかみ》が動作にあわせてさらさら流れた。

「おい眼鏡」

「はい眼鏡」

「喧嘩《けんか》売ってるなら諦《あきら》めたほうがいい。確実に勝つからね。きみが」

「当然です」

「うわー」

「何度も言いますけれどカフェインがたくさん含《ふく》まれた紅茶は中枢《ちゅうすう》神経を刺激《しげき》するので薬との相性がよくな」

「よくないのねはいはい」

奪い返したアールグレイで素早く錠剤を飲みくだした。彼女がぷくぅと頬《ほほ》を膨《ふく》らませる。木が吐息《といき》を零《こぼ》すような、やわらかな音で頭上の葉は揺《ゆ》れ動き、彼女の白い肌《はだ》にかかっていた木陰も同時に揺れた。ほんとうによい風の日だった。なんだかどちらからともなく溜《た》め息をついた。

「こんなもの飲むだけでメンテナンスと修理ができるなんて。人間には便利な面もあると認めざるを得ませんね」
人工の長いまつげが震《ふる》えて人工の瞬《まばた》きを繰り返した。愁《うれ》いを帯びた視線も口もとも人工的で言葉にはなんの意味もない。タイトなスカートからのびる引き締《し》まった脚《あし》も、丁寧《ていねい》にマニキュアが塗《ぬ》られた薄桃色《うすももいろ》の爪《つめ》も、どれだけ自然に見えようともぼくたちには意味がない。彼女が刹那《せつな》、まぶしそうに目を細めた。ぼくはぽかんと見とれた。

「誰《だれ》か助けてください」

「――えっ？　ぼくという友だちを前に誰かってなんだよ誰かって」

「私も薬を飲みたいのです。この頃とてもからだがおかしい。会社に来ると動悸《どうき》がします。緊張《きんちょう》し、汗《あせ》が出て、思考が停止します。こうやって昼食をとっている時間帯は特に変なのです。私は病気なのに幸福感で満たされます。もっともっと病気でいたくなります」

不気味の谷現象というものがある。人間に近い機械をつくろうとしているとき我々は彼等の人間と似ている部分に愛着を持つのだけれど、どんどん似てきてほぼ同じになると、途端《とたん》に嫌悪感《けんおかん》を抱《いだ》く。機械が人間と似ている所為《せい》でかえって「決定的に人間と違《ちが》う部分」が強調されてしまうからだ。なにげない機械らしさがぼくたちのこころに強烈《きょうれつ》な嫌悪感を刻みつける。あまりの不気味さに鳥肌が立つ。

ぼくが勤務するヒトロイドグループはつい十数年前にこの谷を越《こ》えたばかりだった。人間が初めて谷を越えた瞬間だった。ぼくたちの機械は共に議論を交わし、スポーツを楽しみ、カラオケに行き、仕事をし、喧嘩さえした。夢のようだった。彼等はヒトロイドグループの希望の星なのだった。

テラスに優しげなフルートの音楽が流れ始める。昼休みが終わってみんなそれぞれ席を立ち、自分のデスクへ戻っていく。ぼくと彼女はまだ木陰に腰掛《こしか》けたまま、遠ざかっていく喧騒《けんそう》を見送っている。ぼくはアールグレイを飲みほした。彼女は薬のシートをまだ手の中でいじくっていた。

「私は病気です」

「そのようだねぇ」

「あなたと、いたい」

ぼくはあえいだ。人間が酸素を取りこむのに適してないんじゃないか、このあたりの空気。これでは窒息《ちっそく》してしまう。

「うーんそれはさぁ、たぶん、人間でも薬飲んで治すのは無理だよ」

「じゃあどうしたらいいんです」

「天才のぼくが直してあげよう」

座っている彼女の背後に膝《ひざ》立ちして彼女のストレートの髪を掻《か》き分けた。白いうなじを剥《む》き出しにする。Yシャツの襟《えり》を少しめくる。うっすらとうぶげの生えた綺《き》麗《れい》な首筋が、黒髪の下からあらわになる。彼女はぼくを信じてじっと座っている。

ぱこん、と首の蓋《ふた》を外しぼくは慣れた手つきで古いUSBメモリを挿《さ》しこんだ。アンドロイド記《き》憶《おく》調整プログラム起動。コマンド、デリート。あらかじめ彼女用に設定してあるから特別な操作なしに数分で完了《かんりょう》する。

「……ふあー」

「どう?・」

「おお、直りました！　完璧《かんぺき》です。さすが天才眼鏡さんですね。動悸や奇妙《きみよう》な幸福感がなくなりました！　ありがとうございます」

「こんなもの挿すだけでメンテナンスと修理ができるなんて。機械には便利な面もあると認めざるを得ないな」

「そう言えばもう遅刻《ちこく》ですよね、はやく行きましょう！」

勢いよく立ちあがった彼女がぼくの手をつかんで引っ張った。紅茶の香《かお》りを含んだそよ風がぼくたちふたりのあいだをさぁっと駆《か》け抜《ぬ》けていく。ガラス戸を開け放ち、機械が振《ふ》り返る。

「私前々から思っていたことがあるんですがアンドロイドという言葉は『人』の意のandroと『～みたいなもの』の意のoidを繋《つな》げたものですから、ヒトロイドグループっておかしな社名ですよね。ヒトにoidをつけるならヒトイド？　ひとぉいど？　語呂《ごろ》があんまりよくないような？」

「どうでもいいから急げ」

左胸のポンプへＵＳＢを挿す。そう考えてみる。人間記憶調整プログラム起動。

コマンド、デリート。デリート。デリート。ポケットの中で傷だらけの古いＵＳＢを握《にぎ》りしめた。デリート。何度繰り返しただろう。何度想《おも》ってくれて、何度あっけなくなかったことになったんだろう。コマンド、デリート。こんなことなら彼女だけ不気味なままでいてくれたらよかった。苦さが喉を転がり落ちる。

「……誰か、助けてよ」

「はい？　私という友だちを前に誰かってなんですか誰かって」

「——こらお前ら遅刻だぞ！」

「うっわ」

「ごめんなさい！」

「聞こえたぞお前上司にむかってうわって言ったな！」

「やだなぁ言ってませんよ」

紅茶と友人関係には砂糖を入れすぎないことがかんじんだ。

［5分後に禁断のラスト］

Hand picked 5 minute short,
Literary gems to move and inspire you

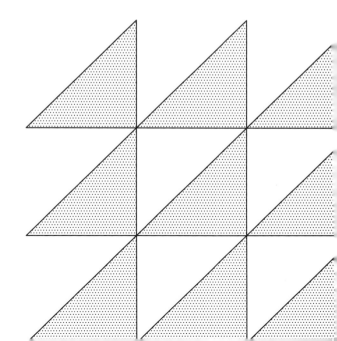

糸《いと》渡《わた》りの教室

鳥谷綾斗

教室の戸を開けたら、そこには、空の上に並ぶ机と椅子《いす》があった。

（ハァ？）

あまりの光景に、オレは棒立ちになった。教室の戸の上にあるプレートは、『二年八組』とある。間違《まちが》いなくオレのクラスだ。

大きな窓に薄汚《うすよご》れたクリーム色のカーテン。

チョークの粉が残る黒板。今日の日直は、鏑木《かぶらぎ》と小野田《おのだ》。

掃除《そうじ》用具入れのロッカーと各自のロッカー。クラスの女子がデコった、やたらハデな掲示板《けいじばん》。

ガタガタに並んでいる、机と椅子。

それらを全部載《の》せている床《ゆか》が――空の上になっていた。

青い空に、白い雲がゆっくりと流れている。

オレの足下で。

（ああコレ、東京タワーにあったわ）

床がガラス張りになっている、アレ。百メートル以上の真下が覗《のぞ》ける度胸試しの名物。

名前は確か、ルックダウンウィンドウ。

だけどオレのこの足下は、ガラスを通した光景なんかじゃない。ましてやこの頃《ごろ》流行《はや》りのプロジェクションマッピングを床に投影《とうえい》しているわけじゃない。

正真正銘《しょうしんしょうめい》、この教室は宙に浮《う》いている。

真下から吹《ふ》いている風が、それを証明していた。

じりじりと目線を外さないまま後ずさると、後ろにいたヤツとぶつかった。

「わっ」

思わずつんのめりそうになるのを、戸に手をかけてギリギリでこらえる。

「あ、ゴメン」

後ろにいたヤツ——同じクラスの女子が謝った。けど目は、ちょっと当たったくらいで大袈裟《おおげさ》ねと非難していた。

大袈裟じゃねーよ！　落ちたらどーすんだ！

具体的には分からないけど、地上が見えないってことは相当な高さだ。それこそ東京タワーどころかスカイツリーもメじゃないレベル。

無言でニラみつけるオレを無視して、女子はさっさと教室に入っていった。——って、オイ！

落ちる！

反射的にそう思ったけれど、女子は普通《ふつう》にスタスタと歩いていった。

友達と挨拶《あいさつ》を交わしながら、ゆうゆうと自分の席に着く。

（あ、れ……？）

へーき、なのか？

空中を歩く女子を目にして、オレの中で疑問が生まれる。

と同時に、力の抜《ぬ》けた手から、ずっと握《にぎ》っていた自転車のカギがするりと落ちた。

カギは——白い雲を通り抜け、青い空に吸い込《こ》まれていった。

普通に落ちていった。

いつまで経っても底に着いた音が聞こえてこない。

（うわぁああああああ！）

ダメじゃんやっぱダメなんじゃん！　普通に落ちてんじゃん！

オレの足が自然に半歩退《さ》がる。どーすんだコレ。そろそろ授業始まるんですけど。

声もあげずに冷や汗《あせ》だけ流し、途方《とほう》に暮れていたときだった。

オレの目が、何かを捉《とら》えた。

（……糸？）

教室の中をヒキで見ると、空の床（床の空？）に細くて透明《とうめい》な糸が張り巡《めぐ》らされている。

目を凝《こ》らさなければ分からないソレは、張り巡らされているといっても、蜘蛛《くも》の巣ほど繊細《せんさい》に詰《つ》まっていなかった。むしろガバガバで、体育祭の障害物競走で使われる網より編み目がでかかった。

だけどオレ以外のクラスの人間は、

その糸の上を歩いている。

細い糸の上を、糸を見ずに歩いている。

（この糸の上を、歩けばいいのか……？）

試しにそろりと足を載せてみた。

綱渡《つなわた》りのように弛《たる》んだ感触《かんしょく》はなく、いつも歩いている床の感覚だった。

けれど視覚効果のせいで、どうしても恐《おそ》る恐るといった足どりになってしまう。

それを見た友達が、「何やってんだよー」とからかってきた。返事はできなかった。

やっとの思いで席に到着《とうちゃく》した。

椅子を引いて、腰《こし》を下ろす。

机の上に鞄《かばん》を置く。

少し軋《きし》んだ音がしたけど、それはいつものことで安定感は抜群だった。

だけどやっぱり、宙に浮いていた。オレの目にはそう映っていた。

空中に浮かぶ椅子と机で、授業を受けて昼休みを迎《むか》えているうちに、オレはあることに気づいた。

みんな、この糸の上を歩いている。

授業が始まると、教科の担当教師が黒板に近いほうの戸から入ってくる。
先生は黒板の前に一本だけ張られている糸の上を、右に左に移動しながら板書をし、教科書を読み上げる。

休み時間になると、隣《となり》の席のヤツがトイレに出る。
友達のところに行く。
次の授業の教科書を取りに、ロッカーに向かう。
誰《だれ》もが、床の糸を辿《たど》っていた。

当のオレにしたって、そうだった。
トイレに行くとき。
昼メシを調達しに購買《こうばい》に行くとき。
ロッカーに行くとき。

オレは床の糸を辿っていた。

そして気づいた。


この糸は、オレがいつも使う『決まったルート』を示しているんだって。

トイレに行くには、席を立って右に回る。後ろの席の前を通って、ロッカー側の戸から出る。

購買に行くには、黒板と教卓《きょうたく》の間を通って、別の戸から出る。

ロッカーへはそのまま後ろに真っ直《す》ぐ。

気づかなかったけれど、オレの移動ルートは決まっていたんだ。

電車が同じ路線を毎日走るように。


（……けど、それが何だってんだ？）

効率がいいからそのルートを使っているだけで、特に何のこだわりもない。

そのことに気づいたからといって、このプチ怪《かい》現象――『教室の床が空中に浮いちゃってる現象』が元に戻《もど》るわけでも、そうなった理由が明かされるわけでもない。

メロンパンとコーヒー牛乳を胃に流し込みながら、オレの気分はどんどん暗くなった。

明日には元に戻ってんのかなぁ。


パンの最後のひとかけらを、口に入れたときだった。

教室の戸が開いて、担任の先生が入ってきた。

そしてオッサン特有の渋《しぶ》い顔で、教卓に手をつき、全員に聞こえる声で言った。

「次の時間は、英語の授業を休みにして、急きょホームルームを開くことになった」

ざわっ。

糸の上で、各グループに分かれて昼メシを食っていた連中が、一瞬《いっしゅん》で先生に注目する。

「議題は……井根《いね》まりなのことだ」

その名前に、教室中に動揺《どうよう》が走る。

井根まりな。

先週、飛び降り自殺したクラスメイト。

「みんなも知ってのとおり、井根の事件は各方面から疑問を抱《いだ》かれている。隠《かく》しても仕方がないから言うが、実は今、警察の方がお見えになっている。井根のことを、改めて聞きたいそうだ」

ざわざわっ。

教室がいっそうざわめき出す。

「え、何で……」「自殺だったんでしょ?」「でも、自殺の理由が」「遺書に書いてあったんだって」「でもちげーだろ?」「違うよね」「うちのクラスに」

いじめなんか、なかった。

そう言った誰かの声は、確かめるようで、自信なさげだった。

オレは井根のことを思い出していた。
大人しいとも快活とも言えない、ふつーなやつだった。
友達もふつーにいたし、誰かとトラブってたわけでもない。
そんな井根は自殺した。
遺書に、
――教室に行くのが怖《こわ》い。
とだけ、書いて。

そっこーでいじめを疑われた。そりゃそうだ。
だけど、いじめなんかこの二年八組にはなかった。
なかった、というか。
有りそうになっていた、というか。
激辛《げきから》焼きそばパンの袋《ふくろ》を開けながら、井根が死ぬ前日のことを思い返す。

何だっけ、最初のきっかけ。

確か、井根が友達との約束をドタキャンしたとか何とか。

井根は謝ったのに、なぜか友達は許さなかった。そいつはその日先生に怒《おこ》られて、たぶん虫の居所が悪かったんだろう。

その友達は、井根に八つ当たり気味に言った。

「明日から、あんたのこと、みんなでシカトするから」

その日の夜、井根は自殺した。


（……バカなやつ）

売り言葉に買い言葉なんだから、どうせ次の日には忘れてるだろ、そんなん。

真《ま》に受けて、まじでシカトされるとか思ったのか？

それどころか自殺までするか？　普通？

そう思ったけど、オレはふと、思い至った。

もしかしたら井根は、『外れてしまうこと』を恐れたのかもしれない。

オレが毎日同じルートで移動しているのと同様に、井根も（校則とはまた別の）規律正しく学校生活を送っていたんだろう。


いつもと同じ。

みんなと同じ。

繰《く》り返し。

繰り返し。


退屈《たいくつ》と共に安寧《あんねい》を生む日常が狂って、みんなの輪、整えられた道筋から外れてしまうのを恐れたんじゃないか。

それを恐れるあまり、耐《た》えきれなくなって、死を選んだんじゃないか。


オレも今日、気づいてしまったから。

オレたちがいる場所は、とんでもなく不安定で、実態のないところなんだって。

空中に張られた一本の糸の上。

そこから足を踏《ふ》み外せば、真っ逆さま。

よく薄氷の上なんてのに喩《たと》えられているけど、本当はそんなものじゃなかったんだ。

確かなものなんて、何ひとつないんだ。


今まで、井根はそれなりにやってきたのだろう。

普通に学校に行ってて、友達がいて、毎日平穏《へいおん》に過ごす。

現実世界に悲惨《ひさん》な事件のニュースは数あれど、それは全部テレビの向こうの出来事だった。

それが自分に降りかかるなんて、想像さえしたことなかったんだろう。

けれど、あの、友達からのシカト宣言。

あの一言で、井根の足下を支えていた糸がぷっつり切れた――そう感じたのだとしたら。


だから死んだ。

人の道から外れてしまったから。

『普通』の人間から外れてしまったから。

だから死んだ。


(『普通』じゃなくなるって……)

教室は軽くパニックになっていた。

先生は苦痛に顔をゆがませている。長い教師生活で、こんなことは一度もなかったのにと思っているみたいだった。

井根に「シカトするから」と言ったやつは、顔面が真っ青になっている。そいつの取り巻きも、口には出さないけど、お前のせいじゃないかと疑いの目を向けている。

大学受験の推薦《すいせん》に命を懸《か》けていたやつは、死にそうになっていた。

別のグループは、「あたしたち、関係ないよね」と確認し合っていた。

また別のグループは、「うぜぇ、まじうぜぇ」と壊《こわ》れた機械みたいに繰り返していた。

教室の隅《すみ》にいるやつは、スマホを死ぬほどタップしている。たぶん、ＳＮＳか何かに長文を投下しているんだろう。

そしてオレは、

オレは……。

足が震《ふる》えていた。

（『普通』じゃなくなるって……）

本当だ。井根。

怖いな。

すごく怖い。毎日同じことの繰り返しで、退屈で、刺激《しげき》を求められるくらい平穏だったぬるま湯の日常が――。

壊れるって、

とんでもなく、怖い。

オレの『普通』も終わってしまった。

外れてしまった。

このルートから。

頼《たよ》りなく支えてくれていた、細い糸から。

これからは、いじめで自殺を出した教室の生徒として、人から世界から世の中から見られるんだ。

（……怖い）

激辛焼きそばパンが、オレの手から落ちる。
それは床に落ちた。
果てしない青い空に吸い込まれていった。
消えゆくパンを見送りながら、跡形《あとかた》もなくなることに、心底惹《ひ》かれた。
(ああ、だめだ)
もうだめだ。
『普通』じゃなくなるなら。
消えたほうが、

マ

シ

だ

。

ふらぁと、ゆっくり、オレの身体が傾《かし》いでゆく。
糸から足を浮かせ、海に飛び込むように、空に飛び降りた。
白い雲と、青い空が、近くなる。
鳥になった気分だった。
井根も、こんな気持ちになったのかもしれない。

ガタン!!

目をつむったのと同時に、
目の前に星が瞬《またた》いた。
「痛ってぇええ！」

思いっきり、顔面がぶつかった。

空に。

いや、床に。

「鷺沼《さぎぬま》？　何やってんだよオイ」

「大丈夫《だいじょうぶ》か、燈《とう》」


クラスメイトが次々とやってきて、心配そうに覗き込んでくる。

さっきまでパンを食べていたやつが、突然《とつぜん》立ち上がって、そのまま倒《たお》れたのだ。

そして見事に鼻とアゴをぶつけて痛さにのたうち回っている。

何この変人。どこの誰だ。オレだ。

担任もやってきて、無事を尋《たず》ねながら手を差し伸《の》べてきた。

横目で見ると、その足下に——糸は、ない。

オレの身体の下にも糸はなかった。

空が広がっているだけだった。ああオレ今、空中に寝《ね》そべっている。透明な空飛ぶ絨毯《じゅうたん》に乗ってるみたいに。

自転車のカギや焼きそばパンは落ちたのに、オレは落ちていない。

どういうことだ、これは。

(どういうことだよ……)

担任と、集まってきたクラスメイトの顔を見渡す。

全員が、心配そうにオレを見ていた。

(……そういうこと、なのか?)

気づいた瞬間、オレは笑っていた。みんなの顔が、ますます怪訝《けげん》に染まる。


そっか。

そういうことか。

そりゃそうだ。

（外れたからって、大したことなかったんだ）

井根。
やっぱりお前はバカだ。
みんなの輪から外れたからって、
みんなと違ったって、
道筋から外れたからって、
二度と戻れないわけじゃない。
死ぬわけじゃない。
怖がることなんて、何もないんだ。

そんな『当たり前』のことに気づいたオレは、しばらく笑い続けたあと、少しだけ、泣いた。

次の日。

教室の戸を開けたら、そこには、木の床の上に並ぶ机と椅子があった。

(戻ってる)

あっさりと戻ったな、と思いながら、オレはいつもと同じルートを辿って席に着いた。

昨日のホームルーム中に、警察官が来た。一人一人に話を聞いてきた。

他はどうか知らないけれど、オレは正直に話した。オレの考える、井根の自殺の理由を。

自殺の真相がそれかどうかは、実際のところ分からない。真実は井根にしか分からない。

もしくは井根を知っているやつがそれぞれ決めることだ。

当分は、この騒《さわ》ぎは収まらないだろう。

マスコミも注目しているみたいだし。今日も校門のところでたむろってた。

しばらくは、『普通』じゃいられなくなりそうだ。

（……そもそも、『普通』なんてねーのかもな）

少し経てば世間はこのことを忘れるだろう。そして遠い世界の出来事として、片づけるのだ。

そのことに対して、特に何も思わない。

井根のことがある以前のオレも、そうだったから。

明日は我が身。本当だな。

そのことを知って、今日もオレは糸の上を歩いていく。

（ん？）

ふと、教室の戸を見ると、出入り口で固まっているやつがいた。

昨日のオレと同じように。

あーあ。

お前も見えちゃってるのか。

床が、空に。

お前も気づいちゃったのか。

教室が宙に浮いているのを。

オレたちが踏みしめているのは実は一本の細い糸でしかなく、その不安定さ、頼りなさ、何となく信じていた人生という道筋の脆《もろ》さに。

怖がらなくていいんだぜ。

踏み外したって、失敗したってどうってことないんだから。

そのことに早く気づけばいいなと思いながら、オレはそいつに背を向けた。

本書は、小説投稿サイト「エブリスタ」が主催する短編小説賞「三行から参加できる　超・妄想コンテスト」入賞作品から、さらに選りすぐりのものを集め、大幅な編集を施したものです。

本書の内容に関してお気づきの点があれば編集部までお知らせください。info@kawade.co.jp

5分《ふん》後《ご》に禁《きん》断《だん》のラスト

２０１７年10月30日　初版発行
２０１７年12月30日　２刷発行

〔編　者〕　エブリスタ
〔発行者〕　小野寺優
〔発行所〕　株式会社河出書房新社
〒一五一－〇〇五一　東京都渋谷区千駄ヶ谷二－三二－二
☎　〇三－三四〇四－一二〇一（営業）　〇三－三四〇四－八六一一（編集）
http://www.kawade.co.jp/

〔デザイン〕　BALCOLONY.
〔組　版〕　一企画
〔印刷・製本〕　中央精版印刷株式会社

落丁本・乱丁本はお取り替えいたします。

ISBN978-4-309-61217-1　Printed in Japan

エブリスタ

国内最大級の小説投稿サイト。

小説を書きたい人と読みたい人が出会うプラットフォームとして、これまで２００万点以上の作品を配信する。

大手出版社との協業による文芸賞の開催など、ジャンルを問わず多くの新人作家の発掘・プロデュースをおこなっている。

http://estar.jp

「5分シリーズ　刊行にあたって」

今の時代、私たちはみんな忙しい。
動画UPして、SNSに投稿して、
友達みんなに返信して、ニュースの更新チェックして。

そんな細切れの時間の中でも、
たまにはガツンと魂を揺さぶられたいんだ。

5分でも大丈夫。
短い時間でも、人生変わっちゃうぐらい心を動かす、
そんなチカラが小説にはある。

「5分シリーズ」は、
5分で心を動かす超短編小説を
テーマごとに集めたシリーズです。
あなたのココロに、5分間のきらめきを。

エブリスタ × 河出書房新社

5分後に涙のラスト

感動するのに、時間はいらない――
過去アプリで運命に逆らう「不変のディザイア」ほか、最高の感動体験8作収録。

ISBN978-4-309-61211-9

5分後に驚愕《きょうがく》のどんでん返し

こんな結末、絶対予想できない――
超能力を持つ男の顚末を描く「私は能力者」ほか、衝撃の体験11作収録。

ISBN978-4-309-61212-6

5分後に戦慄《せんりつ》のラスト

読み終わったら、人間が怖くなった――
隙間を覗かずにはいられない男を描く「隙間」ほか、怒濤の恐怖体験11作収録。

ISBN978-4-309-61213-3

5分後に感動のラスト

ページをめくれば、すぐ涙。
家族の愛を手に入れられなかった男の顚末を描く「ぼくが欲しかったもの。」等計8作。

ISBN978-4-309-61214-0

5分後に後味の悪いラスト

最悪なのに、クセになる。
携帯電話に来た「SOS」から始まる「暇つぶし」ほか、目をふさぎたくなる短篇13作。

ISBN978-4-309-61215-7

5分間で心にしみるストーリー

この短さに込められた、あまりに深い物語。
宇宙船襲来後の家族の絆を描く「リング」ほか、思わず考えさせられる短篇8作収録。

ISBN978-4-309-61216-4